SAV

Erhard Schwandt

Lehrer sind faule Säcke

Nachrichten aus der pädagogischen Provinz

Saint Albin Verlag

Die Deutsche Bibliothek - CIP-Einheitsaufnahme

Schwandt, Erhard:
Lehrer sind faule Säcke : Nachrichten aus der pädagogischen Provinz / Erhard Schwandt. - 2., durchges. und erw. Aufl. - Berlin : Saint-Albin-Verl., 1996
ISBN 3-930293-97-8

Verlag: Saint Albin Verlag Dr. Uwe Lemm,
Im Bauernbusch 7, D-12355Berlin
Lektorat: Thilo Bock, Michael-André Werner
Satz und Layout: Michael-André Werner
Umschlag: Richard Schneider (Photograph)
Druck: WB Druck GmbH&Co. Buchproduktion KG,
Aggensteiner Straße 8, D-87669 Rieden a. Forggensee

ISBN 3-930293-97-8

Le Maître d'Ecole
perd souvent son
tems, d'Enseigner
les Paresseux &
Négligens

(Aus *Roti-Cochon*, 1689)

Wahrscheinlich gibt es nicht viele Berufe, an die die Gesellschaft so widersprüchliche Anforderungen stellt: Gerecht soll er sein und zugleich menschlich und nachsichtig, straff soll er führen, doch taktvoll auf jedes Kind eingehen, Begabungen wecken, pädagogische Defizite ausgleichen, Suchtprophylaxe und Aids-Aufklärung betreiben, auf jeden Fall den Lehrplan einhalten, wobei hochbegabte Schüler gleichermaßen zu berücksichtigen sind wie begriffsstutzige. Mit einem Wort: Der Lehrer hat die Aufgabe, eine Wandergruppe von Spitzensportlern und Behinderten bei Nebel durch unwegsames Gelände in nordsüdlicher Richtung zu führen, und zwar so, daß alle bei bester Laune und möglichst gleichzeitig an drei verschiedenen Zielorten ankommen.

(Müller-Limmroth, 1988)

Lehrer sind faule Säcke.

(Schröder, 1995)

für Monika

die gerne Lehrerin geworden ist

LEHRER SIND FAULE SÄCKE

LEHRER SIND FAULE SÄCKE

Mädchen riechen komisch. Der Seewind bringt kaum Kühlung. Jungen sind Raufbolde. Steffi hat Rückenprobleme. Schlechte Gedichte kosten extra. Mädchen tuscheln und kichern ständig. Der Beischlaf ist die Pointe unseres Selbstbewußtseins. Jungen stinken meistens. Gegen neun Uhr war der Brand gelöscht. Mädchen sind egoistischer und ehrgeiziger. Zu Nebenwirkungen fragen Sie Ihren Arzt oder Seelsorger. Jungen sind sportlich und technisch begabt. In den Wertstoffsack gehören keine Küchenabfälle. Mädchen sind schrill und piepsig. Morgen Durchzug eines Regengebiets in westlicher Richtung. Jungen sind doof. Umfragen sind soziologisch wertvoll. Eltern wissen oft nicht weiter. Berti will endlich durchgreifen. Lehrer sind faule Säcke. Und Schröder ist ein ehrenwerter Mann. Ihr Urlaub - top oder flop. Vorurteile sind gesund. Die Weltanschauung der Mädchen ist Liebe. Was Sie schon immer über die heutige Jugend wissen wollten. Mädchen waschen sich öfter. Pink Floyd sind Rock-Saurier. Morgenstund hat Blei im Bürzel. Jungen sind faul, fies und frech. Der Nordberliner liegt voll im Sommerloch. Wintersocken müffeln im Sommer noch. Mädchen haben so ein beknacktes Getue. Der Herbst kommt diesmal zu früh. Scharfenberg ist eine Insel. Scharping gibt sich kämpferisch. Jungen sind rauher. Boris ist mental wieder gut drauf. Und die Erde weht wie Abfall ans Ende einer Milchstraße. Mädchen riechen komisch.

ÜBER DIE GROSSE UNINTERESSIERTHEIT UNSERER JUNGEN MENSCHEN AM FRANZÖSISCHUNTERRICHT

14 Verwunderungen

1

Schwer erklärbar ist die Freude so vieler junger Leute daran, schon morgens ab 8 Uhr statt einer Bierwirtschaft oder Spielhölle eine Lehranstalt aufzusuchen, um dort ihren Bildungshunger respektive Wissensdurst zu stillen.

2

Gleichermaßen verwunderlich ist die Tatsache, daß die Existenzberechtigung des Berliner Landesschulamts einzig in seiner völligen Überflüssigkeit gründet.

3

Nicht recht zu verstehen ist das Problem des infenitesimalen Patts in der dekonstruktionistischen Ästhetik.

4

Höchst eigenartig erscheint auch - nach einer Henscheidschen Beobachtung - das Verhalten unserer beamteten Vorruheständler in Bäckereien. Kaum sollen sie für ihre drei Brötchen und zwei Pflaumenkuchen 3 Mark 45 zahlen, schon fallen ihnen von den langwierig aus der Geldbörse in die Hand gezählten 3 Mark 45 ungefähr 2 Mark 17 wieder runter, und es beginnt das große Such- und Hebemanöver, bei dem die Greise nicht selten das Gleichgewicht verlieren und umstürzen.

5

Rätselhaft sind die Schönheiten der Pubertät.

6

Undeutbar des Glücks labyrinthische Wege.

7

Nicht rational zu fassen ist die ungebrochene Begeisterung einiger Unentwegter für das dreigliedrige deutsche Schulsystem.

8

Kaum begreifbar ist, wie hoffnungsvolle junge Menschen massenhaft dem Irrglauben anhängen können, das Abitur sei Bestandteil der ewigen Seligkeit und einer Karriere im mittleren Müllverbrennungsdienst unbedingt vorzuziehen.

9

Noch rätselhafter freilich mutet an, daß Oberstudienrat Wurz immer noch mit seiner schielenden Gemahlin und seinem schwer erziehbaren schwulen Schwager aus Schweden eine ménage à trois betreibt.

10

So gut wie unverständlich ist die Tatsache, daß herzlich unbegabten und obendrein offensiv bildungsunwilligen jungen Leuten gelegentlich eine fesche gymnasiale Qualifikation zuerkannt, ja nachgerade nachgetragen wird.

11

Noch dunkler ist der Grund, aus dem, nach einer Henscheidschen Statistik, entschieden mehr Leute in Kneipen hinein- als wieder herauskommen: von hundert bleiben etwa zwei verschollen darin.

12

Völlig sinnfrei und unfaßlich schön sind die rötlichen Nester im sterbenden Blauhimmel eines Septemberabends über Berlin.

13

Ebenso unfaßlich wie wunderbar auch die beharrliche Dreistigkeit, des Oggersheimers Leibspeise, den Pfälzer Saumagen, als kulinarische Raffinesse der nouvelle cuisine auszugeben.

14

Und schlechthin inkommensurabel ist die große, substantielle Uninteressiertheit unserer jungen Menschen am Französischunterricht, und zwar in allen Programmen: von avoir/être und dem subjonctif übers Familienleben der Gauthiers, Ausflügen in die Landeskunde oder ins Sprachlabor bis hin zur Lektüre, angeblich facile à lire. Es ist nichts zu machen. Sie hören nicht hin, schauen nicht zu, merken nicht auf, wollens ja auch gar nicht wissen, behalten nichts, hängen unfroh im Schulgestühl, ramentern herum, nörgeln und jammern, zwingen den Lehrkörper zu miserablem Unterricht und beschweren sich hernach über schlechte Noten. Nur manchmal, wenn Crêpes mit Grand Marnier oder Champagnerpröbchen auf dem deutsch-französischen Volksfest in Aussicht stehen oder Szenen aus dem Liebesleben von Gérard Dépardieu und Sophie Marceau vorgeführt werden, wenn die französische Assistentin ihr neuestes Parfum vorführt oder gar Sätze wie *Wullewukuschehaveckmoa* oder *putain de merde* durch den Raum wehen - dann, ja nur dann reißen sie ihre MTVverstopften Augen und Ohren auf, ces negligents, ces paresseux, ces fainéants.

STÖRFALL SCHULE

Verehrte Festgemeinde, liebe Abiturienten!

Der Morgen ist schön, klar und friedlich. Die Welt scheint in Ordnung, das Leben verheißungsvoll. Irgendetwas stört - natürlich: die Schule.

Die Schule als Störfall - mit dieser nicht unoriginellen Idee hatte sich in meinem Schreibkurs im dritten Semester Schülerin M. in einem brillanten Essay zu Wort gemeldet. Ich tue dies hier aus der Lehrerperspektive (die Wirklichkeit ist ja ohnehin nur ein Perspektiv, wie uns die Romantiker belehrt haben), und - wie ich warnend vorausschicke - höchst einseitig, subjektiv und völlig unmaßgeblich.

Nicht mich stört die Schule, nur gelegentlich, aber nicht grundsätzlich, ernährt sie mich doch, frißt mich, belebt und tötet mich, regt mich an und auf. Eher stört sie Schüler, gründlich und nachhaltig, selbst solche, die sich völlig freiwillig den Wonnen und Leiden der höheren Schulbildung aussetzen. Sie stört eben - auf mannigfache und unangenehme Weise, und sie wäre für viele in der Tat entbehrlich, wäre da nicht dieses Doppelblatt, dieses Zertifikat, dies Entréebillet für inzwischen die meisten Bildungsgänge und für viele Berufe, dieser fesche Bildungstitel, genannt „Zeugnis der allgemeinen Hochschulreife". Und so hocherwünscht dieser kurz ABITUR genannte Höhepunkt jeder Oberstufenkarriere auch ist, so unerwünscht sind die ihm vorgelagerten Zumutungen wie Unterricht, Hausaufgaben, Referate, Klausuren, diverse Lehrkörper ätzettera.

Nun gibt es erfreulicherweise - und wer wüßte das nicht - viele junge Menschen, die sich vom ersten Semester an durch redliches Bemühen, steten Fleiß, gute Mitarbeit und andere Sekundärtugenden auszeichnen und die trotz herber Rückschläge und alarmierender Niedrignoten nie aufhören, den Stein der Weisen sysiphusmäßig den steilen Hang zum ABITUR hinaufzurollen, die pünktlich, präsent, vor- und nachbereitet, für jede Zusatzarbeit zu haben sind und im Unterricht so eilfertig mitschreiben, daß es eine Freude sein müßte, häufig aber nur zum Erbarmen reicht, weil Aufwand und Ergebnis, Quantität und Qualität, input und output allzu oft in schrillem, allseits zum Verzagen Anlaß gebenden Mißverhältnis stehen. „Und dabei habe ich doch immer sooo gut mitgearbeitet!" ist ihr stereotyper Stoßseufzer. Ihnen gilt unser Wohlwollen, unsere Anteilnahme, unsere Förderung.

Ihnen gegenüber gibt es nun - und hier werde ich deutlicher, greife mitten hinein ins volle Schulleben und seine diversen Denkwürdigkeiten - wenige geniale Naturen, die der eingangs erwähnten Idee vom Störfall Schule herzlich zugetan sind und die alles, was nach regelmäßiger Arbeit, kontinuierlichem Schulbesuch und freudiger Unterrichtsaktivität aussieht, als grobe Zumutung und höchst unerwünschte Einschränkung, ja nachgerade als Freiheitsberaubung empfinden. (Ich habe hier „Beifall von Schülerseite" notiert.)

Von einer dieser wenigen genialen Naturen sei hier geredet, einem Glücksfall der Evolution, Liebling der Götter, seltenem Exemplar einer sonst eher drögen Gattung, keinesfalls vorbildlich, bewahre!, aber wegen ihrer besonderen Befähigung, trotz Schule, Lehrer und Unterricht, ja geradezu gegen sie erfolgreich zu lernen und das ABITUR quasi nebenher zu absolvieren, besonderer Beachtung wert.

Ein solcher Götterliebling - nennen wir ihn Thomas, nein, doch lieber Thorsten - glänzt zunächst in gewissen Kursen, die er durch Nichtachtung zu strafen wünscht, durch gekonnte Abwesenheit, und zwar so nachhaltig, daß nach einigen Wochen dem Kursleiter der Platz, an dem unser junger Mensch gemeinhin zu sitzen hätte, so merkwürdig leer, ja so schreiend negativ besetzt anmutet, daß ihm dessen Abwesenheit weit stärker ins Gemüt fällt als die doch weit erfreulichere Anwesenheit aller übrigen. Von dieser Aura des höchst existenten Nichtvorhandenseins profitiert unser Liebling in den wenigen Stunden, in denen er den Kurs mit seiner Person beglückt, dergestalt, daß sein Auftritt, selbst wenn er verhuscht fünf Minuten zu spät erscheint, als ein unheimlich starker empfunden, sein kursumspannendes Schweigen als originell und tiefgründig gewertet und seine raren und mit sprödem Charme formulierten Kernsätze als höchst geistreich und brillant bewundert werden, wie etwa der folgende: „Es betrübt mich zutiefst, zu dieser Frage nichts Substantielles beisteuern zu können, da ich das betreffende Buch bisher nicht gelesen habe."

Naht eine Leistungsüberprüfung, ist unser Liebling unabkömmlich: Magen-Darm-Irritation, Hirnschwurbel, Lebensekel, Weltschmerz oder ganz einfach Prüfungsallergie sind die am häufigsten genannten Entschuldigungen. Am Klausurtage jedoch erscheint er, wundersam und gegen alles Kalkül - der Kursleiter hatte schon fluchend ein neues Thema entworfen und einen Nachschreibtermin avisiert - frisch, unschuldigst und mit tadziomäßigem Augenniederschlag (der Th.-Mann-Lektüre mußte er also doch gelegentlich beigewohnt haben!), lächelt ironisch, setzt sich, simuliert ein längeres Grübeln - und schreibt.

Zum wiederholten Male, diesmal verschärftest, beschleicht den Kursleiter, der sich zu seiner eigenen Schulzeit nicht eben als Liebling der Götter fühlen durfte, jenes peinigende Gefühl der fast vollständigen Entbehrlichkeit seiner Person und seines Unterrichts, während der junge Mensch mit nahezu dreister Zielsicherheit zügig fortschreibt, der zunehmenden Irritation des Kursleiters nicht achtend, der nicht fassen will, daß es auch ohne seinen Unterricht gehen soll, daß sich gymnasiale Bildung gelegentlich auch kontraproduktiv zur Veranstaltung Schule erwerben läßt.

Und in der Tat: Während einige Schüler der erstgenannten Kategorie brav, bemüht, angestrengt bis grämlich, weil ohne nennenswerte fortune am Klausurthema sich abarbeiten, wirft unser Liebling mit lässigem Gestus einige originelle und flott formulierte Gedanken aufs Papier, zieht sich am selbstgestrickten Ariadnefaden elegant durch das Labyrinth eines Böll-Zitats, addiert ein wenig Vorwissen zu den sporadisch im Kurs und anderswo aufgelesenen Bildungsfragmenten, garniert das Ganze stilsicher mit Sprachwitz und feiner Ironie und erhebt sich ikarusgleich (Zu hoch nicht hinaus, es kann auch übel ausgehen! grüßt Herr Brecht) nach überstandener Klausurfron ins Reich der Freiheit und des Lustprinzips, was wiederum eine längere Phase der Abwesenheit unumgänglich macht, so daß sogar auf die schöne Mitteilung, gleichsam aus dem Nichts heraus eine gute Arbeit geschrieben zu haben, getrost verzichtet werden kann.

Zur ultimativen Rettung seiner bis dahin eher dürftigen Semesternote verhilft unser Liebling dem nachhaltig verstörten Kursleiter noch zu einem Lektüreerlebnis der vierten Art. Kenntnisreich, geschickt und nicht ohne Überzeugungskraft schreibt er über einen Roman (Auch in Kants „Aula“ sollte ja eine Art Abiturrede gehalten werden, schade eigentlich...), dessen Lektüre ihm offenbar entbehrlich schien - eine neue, faszinierende Art der Metakommunikation, die ihren Gegenstand zwar wortreich umkreist, ihn dabei aber fröhlich und souverän ignoriert, ohne daß es sonderlich auffiele.

Wir nähern uns - Sie haben es mit brennender Geduld längst bemerkt - aufhaltsam dem Höhepunkt unserer denkwürdigen Begebenheit. Das mündliche ABITUR naht. Wirft seine Schatten voraus. Nicht so für unseren Liebling. Er läßt es nahen. Kümmert sich um Wichtigeres, Bedeutsameres. Vorbereitungssitzungen? Tips und Tricks? Gar Prüfungssimulationsversuche? Ach was - Kindereien, Stroh der Zeit, ephemere Belanglosigkeiten. Einmal doch, geradezu provozierend unabsichtlich, schaut er kurz herein, neigt ein gnädiges Ohr, wirft einige Notizen aufs Papier, scheint's zufrieden und entfernt sich, den Kursleiter in mürber Ratlosigkeit zurücklassend.

Am Prüfungstage selbst, man weiß nicht, ob man „Ansichten eines Clowns“, „Die unvollendete Geschichte“ oder „Die wunderbaren Jahre“ dazu sagen soll, wird der Götterliebling seinen letzten, unverwechselbaren und epochemachenden Auftritt haben. Wie ein Normalschüler wird er sich in die Reihen der Ängstlichen, Aufgeregten, Bedrückten, zwischen Hoffnung und Verzweiflung Zitternden und Zagenden einordnen, als wäre er einer der ihren. Er wird in den Vorbereitungsraum treten, die sorglichen Einlassungen des Prüfers bei der Aufgabenaushändigung erfreut zur Kenntnis nehmen; später, auf dem Weg zum Prüfungsraum, wird er kokett und sprachgewandt auf seine übermäßige Aufgeregtheit verweisen, die ihn beim Sprechen in arge Verlegenheit stürzen könnte. Er wird sich an den Tisch setzen, die Prüfungskommission mit einer feinsinnigen Bemerkung bedenken und sich selbst in Hochform vorführen: wohlpräpariert, aufgabenbezogen und sprachkompetent, nicht eben genial, aber wer würfe schon Pürlen vor der Prüfer Füße..., aber doch so, daß nach seinem unheimlich starken Abgang der Art „Ich hoffe sehr, Sie mit meinen Ausführungen nicht allzu sehr gelangweilt zu haben“ die Prüfungskommission in Augenblicken stiller Andacht verharren wird, bis eine Kollegin fragt: „Und der soll nicht vorbereitet gewesen sein?!“

Eigentlich müßte ich jetzt tief beleidigt sein. Tödlich übelnehmen. An mir zweifeln. Meinen Beruf aufgeben. Ich tue es nicht. Ich freue mich über einen, der, um das zu erreichen, dessen er bedarf, das ABITUR, dessen nicht zu bedürfen schien, was ich im Unterricht zu vermitteln suchte, Wissen und Bildung. Et voilà: ein postmoderner Autodidakt, selbstinduziert, eigenmächtig (Gruß von der Bettine!) und erfolgreich. Ich tue, was am leichtesten ist: Ich applaudiere - und bitte Sie, das gleiche zu tun!

NACHM ABI

Schöne Aussichten

Mein Erdkundelehrer war Sachse. Was willste denn nachm Abi machn? Keine Peilung, was ich machen will. Total abstoßend, der Gedanke. Vielleicht Verkehrsregler bei der Polizei. Oder Postbote. Wennde studiert hast, haste keen Bock, inner Pizzeria rumzustehn. Man muß ja gar nicht. Was bedeutet Ihnen Weihnachten? Was wollen Sie werden? Welche Lebensziele haben Sie für sich ausgemacht? Halbblind. Deshalb komme ich ja immer zu spät. Rüben vereinzeln? Dann doch lieber Rechtsanwältin. Nachm Abi ne Fotolehre inner USA. Schriftsteller oder Dispatcher. Wieso oder? Das große Geld machen, das wollen wir alle. Hübsch musse nich sein. Aber Versicherungskauffrau. Wenn man schon freiwillig, dann wenigstens. Wie wärs mit Agronomin, Kühe schrubben? Ich hab nicht vor, nach Scharfenberg zu gehen. Ich habs - Psychoterroristin, äh -therapeutin. Dauernd so Leute und die Probleme. Hast ein Problem und du kannst gehn. Schlechte Reime kosten extra. Ornithologe ist auch ein schöner Beruf. Dazu braucht man aber Latein. Und wie wird man Schriftsteller? Erst schreiben, dann studieren. Oder Autofensterputzer am Halleschen Tor. Wenn alles schief geht, nreichen Mann heiraten. Taxifahrer, auch kein schlechter Job. Wenn ich mal groß bin. Ne Zeitlang Diakonin. Schon immer Kriminalpolizist wollte ich werden. Lehrer - nee danke. Mein Erdkundelehrer war irgendwie krass. Schwul, oder Sachse.

NON SCOLAE, SED VITAE DISCIMUS

Schule ist die einzige Firma, die jeden nimmt, ungeachtet seiner intellektuellen, moralischen und sozialen Eignung. Natürlich soll der junge Mensch diese Eignung, wenn sie denn durch mangelhafte Fürsorge im Elternhaus unvollständig, gänzlich verkehrt oder gar nicht angelegt wurde, in der Schule allererst erwerben oder sich doch derart vervollkommnen, daß er eben jenes Höchstmaß an Wissen, Fähigkeiten und Urteilskraft sich aneignet, welches das Gesetz - Variante Berlin - vorsieht.

Die Praxis schert sich wenig darum. Schule ist zwar eine Zwangsveranstaltung, aber wer es geschickt anstellt, kommt bei all der sinnfrei vertanen Zeit wenn schon nicht allgemeingebildet, so doch weitgehend unbeschädigt durch die zehn oder dreizehn Runden. So wie die Firma bedingungslos jede und jeden nehmen muß, so wenig ist sie in der Lage, untauglichen, unwilligen und betriebsschädigenden Exemplaren zu kündigen. Es ist schon erstaunlich, was man alles anstellen kann, ohne aus dem Betrieb entfernt, was man alles anstellen muß, um dann doch gekündigt zu werden. Dabei ist mangelnde Eignung kein Entlassungsgrund. Dummheit, Faulheit, Arbeitsverweigerung und Disziplinlosigkeit reichen in aller Regel nicht aus - es muß schon erhebliches und schwerwiegendes Fehlverhalten vorliegen, um aus der Firma ausgeschlossen zu werden.

Früher ging das einfacher. In meiner Schulzeit reichte schon einfache Obstruktion, um aus der höheren Lehranstalt entfernt zu werden. Gern erinnere ich mich eines Vorfalls aus dem Jahre 1956, auf der Knabentoilette unseres Gymnasiums, der nach hochnotpeinlichen Verhören durch die Schulleitung zum Rausschmiß eines Mitschülers führte, der, obzwar kein flacher Kopf, seine Schulkarriere fortan begraben durfte - was ohne Abitur aus ihm geworden ist, verbirgt sich im Dämmer der späten 50er Jahre. Seine Verfehlung hatte darin bestanden, aus erhöhter Position und offensiv falsch Goethe zitierend in die Mitte der Knabentoilette zu urinieren (neidlos bewunderten wir seine Kühnheit, seine Prosodie und seinen ballistisch einwandfreien Halbbogen) und dabei des zufällig hereinschauenden Lehrkörpers nicht gewahr zu werden, dem weniger die Verunreinigung des Pissoirs als vielmehr die Verunglimpfung unseres Dichterfürsten als so unerhörtes Vergehen am Geist einer ehrwürdigen und renommierten Bildungseinrichtung erschien, daß nur die schwerste Strafe - nämlich die Entfernung aus der Gemeinschaft der Lehrenden und Lernenden - es zu sühnen vermochte. Und so geschah es dann auch. - Tempora mutantur. Heutzutage würde ein solches Verhalten - allerdings ohne Goethe-Zitat, das kriegen heutige Schüler nicht mehr so gut hin - mindestens, wenn es denn aufkäme und nicht ignoriert würde, milden Tadel, höchstens eine sozialverträgliche Minimalstrafe (etwa: Mensa-Reinigungsdienst) nach sich ziehen.

Aber ich schweife ab. Hinweisen muß ich abschließend auf die völlig unstrittigen Vorzüge der eingangs mitgeteilten Tatsache, nämlich das Wunder dieser einmaligen organisatorischen Leistung, weltweit Millionen junger Menschen morgendlich zu versammeln, sie in den edelsten Tugenden zu unterweisen und sie nach angemessener Zeit wieder ins Alltagsleben zu entlassen. Selbst bei den schärfsten Kritikern der Firma und ihrer unabweisbaren Nachteile (Wer erinnert sich nicht gern an Illich und die Entschulungs-Debatte!) herrscht inzwischen Einigkeit, daß sie in erster Linie soziale Aufgaben wahrnimmt und diese auch - Bildungsauftrag hin oder her - einigermaßen erfolgreich bewältigt. Schule bewährt sich Tag für Tag als Sozialstation (für 68er: Sozialisationsagentur) und entschärft wie selbstverständlich den gesellschaftlichen Sprengsatz, der unsere fragile öffentliche Ordnung leicht aus den Fugen und zum Einsturz bringen könnte.

Fürs Leben also wird gelernt, nicht, wie Seneca fehlmeinte, für die Schule (O-Ton: „Non vitae sed scolae discimus“, auch wenn nachfolgende Benutzer unverdrossen dessen Gegenteil daherplappern, weil es so schön geflügelt ist), ein wenig Wissen, ein paar Fähigkeiten, aber vor allem lauter fürs Leben nützliche Sekundärtugenden wie Pünktlichkeit, Pflichtbewußtsein, Ordnungssinn, Leistungsbereitschaft, Kooperation, Sozialverträglichkeit, Toleranz und Anstand, die unter dem feschen Modewort *Schlüsselqualifikationen* inzwischen wieder so hoch gehandelt werden, daß sie für den Fortbestand unseres Gemeinwesens wichtiger zu sein scheinen als die Beherrschung des zweiten Konjunktiv oder des Periodensystems der Elemente...

DREISSIG WAHRE GESCHICHTEN

Für Fénéon

1. In Herrsching wurde Lehrer Alfons A. dienstrechtlich vermahnt. Über die Schülerin B. soll er im Kollegenkreis geäußert haben: „Aber ihre Wirbelsäule ist ja gar nicht mit dem Gehirn verbunden!" Schulaufsichtsseits nach dem Grund dieser ungeheuerlichen Bemerkung befragt, habe er freundlich zur Antwort gegeben, die betreffende Schülerin würde reden, ohne zu denken. Dies aber sei im Schöpfungsplan nicht vorgesehen.

2. Klage erhob in Bamberg der pensionierte Oberstudienrat Horn gegen einen Kollegen, der ihm ein entliehenes Video von der Behinderten-Olympiade 1984 nicht hatte zurückgeben wollen.

3. Ein Schülerkongreß tagt demnächst in Straßburg. Dort will man die multilateral höchst bedeutsame Frage nach der Gleichwertigkeit von Sportdiplomen debattieren.

4. In Wengen warf sich die 14jährige Realschülerin Corinna aus dem Fenster der im sechsten Stock gelegenen elterlichen Wohnung, ohne zu sagen, weshalb.

5. Dr. Knupp, vormals Rektor des Dorotheenstädtischen Gymnasiums zu Berlin, schoß dreimal auf seine Gattin, die ihn wegen Spielschulden getadelt hatte. Da er sie jedesmal verfehlte, nahm er die Schwiegermutter aufs Korn: Treffer.

6. Immerzu wurde Frau Oberforsthuber aus München, Mutter immerhin zweier schulpflichtiger Buben, daran gehindert, zum verantwortlichen Schulrat vorzudringen. Erbittert verbrachte sie sich in eine Bierwirtschaft.

7. Als Herr Dollbregen, Pedell auf der Schulfarm Insel Scharfenberg, die Schulstunde einläutete, fiel die Glocke herab und hätte ihn fast erschlagen.

8. Weil sie sich mit einem Achtkläßler Freiheiten erlaubte, wurde Frau P., 32, Katechetin in Waldbröl, aus dem Dienst entfernt.

9. Befragt, welche Erinnerungen er an seine Schulzeit habe, gab der Stückeschreiber B. zur Antwort, die Volksschule habe ihn vier Jahre gelangweilt, und während seines neunjährigen Eingewecktseins in ein Augsburger Realgymnasium sei es ihm nicht gelungen, seine Lehrer wesentlich zu fördern.

10. Im Berliner Bezirk Hellersdorf wollten zwei Schüler einen dritten, der ihnen Widerworte gab, an einem Fensterkreuz aufhängen. Da das Seil riß, mißlang das Vorhaben.

11. Dieser Tage wurden in einer Grundschule in Angermünde zwei Fensterscheiben eingeschlagen. Als Täter wurde ein Elfjähriger ermittelt; er wollte es krachen hören.

12. Für die Versetzung an die Gesamtschule in Schwedt war keine der 24 Bewerberinnen zu gewinnen; die Nebenbedingungen schreckten ab.

13. In Hanau gab sich Irene Knopf im achten Ehejahr mehrfach dem Lehrer Edmund Eiermann, weitläufigem Kollegen ihres Gatten, hin. Ein Jahr später indes wurde sie verrückt und verschied bald darauf. (E. Henscheid)

14. Ungestört von Gegenmaßnahmen drangen in Bad Pyrmont zwei Unbekannte im ehrwürdigen Humboldt-Gymnasium ins Rektoratszimmer und entleerten sich ergiebig auf dessen Schreibtisch; von den Motiven fehlt jede Spur.

15. Preisverleihung in der Oberschule in Pritzwalk. Eine Windhose fuhr in den Festsaal und warf mehrere Gäste um, darunter den leitenden Schulrat.

16. Mausgraue Handschuhe, schwarzes Kostüm, wurde Gisela Brunz-Schmackel, 37, Sonderschulpädagogin, auf offener Straße von zwei ehemaligen Schülerinnen aufs obszönste und in deshalb hier nicht wiederzugebender Weise beschimpft. Und das in Paderborn.

17. Vor dem verhüllten Reichstag bekamen die verwitwete stellvertretende Referatsleiterin im Berliner Personalrat der Lehrer, Frau Althans-Kleinknopf, und ihr bedeutend jüngerer Bettgefährte Streit. Er schlug sie, sie trat ihn mit Füßen. Lauter Verrückte, wie es scheint.

18. Wo soll man noch rauchen? Aus Gram über die ultimative Schließung des Raucher-Kabuffs in der Realschule in Harvestehude verbrannte Lehrer P. seine einzigartige Sammlung von Unterrichtsentwürfen im Fach Biologie.

19. Offenbar möchten Prahlerei, Renommiersucht und Wichtigwuselei keine Ruhe geben. Jahrelang rivalisierten Frau Jahnke und Frau Hildebrandt aus Cottbus um den Titel *Beste Lehrerin des Kreises*. Als sie es zu arg trieben, wurde eine nach Luckenwalde versetzt.

20. Rostock: Das Ehepaar Willumski beschuldigt die Lehramtsanwärterin Ignazia Sch., 25, sie habe ihren Sohn belästigt. Einziges Motiv: Wollust.

21. Genug hatte in Bad Doberan Diplomlehrerin Mittelstedt. Dem räsonierenden Vater eines Durchfallkandidaten hielt sie entgegen: *Mit dem, was Ihr Sohn nicht weiß, könnten noch drei andere sitzenbleiben.* (McCormick)

22. Ein Dachdecker aus Lauenburg drohte der Schulbehörde Vergeltung an für den Fall, seiner Tochter Sandra würde der Weg in die Gymnasiale Oberstufe und bis ins Abitur verwehrt. Welcher Art die angekündigten Maßnahmen sind, ist zur Stunde noch unklar.

23. Affäre Schadebrodt: In Leipzig entkleidete sich ein 40jähriger Sportlehrer samstags auf dem Marktplatz, mitten in der Menge. Seine Behauptung, er sei Arnold Schwarzenegger, wurde stark angezweifelt.

24. Überaus vergnügt verließ in Dormagen ein 60jähriger Berufsschullehrer den Amtsarzt, der ihm gerade uneingeschränkte Berufsunfähigkeit attestiert hatte: zerebral schwer gestört, äußerst gemeingefährlich.

25. Paul Morgenroth, 16, wohnhaft in Göttingen, der einen Groll gegen seine Deutschlehrerin hegte, besprühte vergangene Nacht das Haus derselben mit völlig sinnfreien, aber wohlgestalteten Zahlen, Figuren, Formeln und Zaubersprüchen; allein das ganze verkehrte Anwesen wollte nicht fortfliegen.

26. In einem Winkel des Chemielabors im Oberstufenzentrum in Unna fand man Lehrer Westerwald, 50, ohnmächtig auf. Noch redet er nicht. Auch seine Schüler wissen nichts zu sagen.

27. Man glaubt, im neuen Berliner Landesschulamt werde zügig und korrekt gearbeitet. Eine Illusion.

28. Potsdam. Schulrat Wewetzer dekretiert, Gott sei tot, habe in den Schulen Brandenburgs nichts zu suchen, sei so quasi persona non grata. Der alte Mann ist empört und erwägt Klage beim Verfassungsgericht.

29. Aus seinem Amt entfernt wurde Schulleiter Heisterbach, 61, in Sossenheim. Die Gründe: Alkohol, Anarchie, Alzheimer.

30. Na bitte: Günter Jensen, 53, Realschullehrer auf der Nordseeinsel Föhr, angeblich „Deutschlands faulster Lehrer“ (BILD) und wegen „Schüler-Allergie“ vorzeitig aus dem Dienst entlassen, ist wieder im Amt. Allerdings im Schulamt: als Sachbearbeiter für längerfristige Krankschreibungen und Anträge auf vorzeitige Pensionierung. Dem Vernehmen nach hat er vollauf zu tun.

PUBLIKUMSBESCHIMPFUNG

Herzensergießungen eines Deutschlehrers

Mittwoch, kurz vor acht, und ein mulmiges Gefühl in der Magengegend. Schlecht geschlafen, schlecht vorbereitet. Deutsch, 8. Jahrgang. Inhaltsangaben. Noch hängen die Schüler unfroh, mürrisch, lustlos und vertrieft im Bereich herum. Bleiernes Gemurmel, kein Aufschaun, kein Lebenszeichen von niemandem.

Ich will es auch wirklich nicht wissen, wer gestern wielange ferngesehen, Zoff mit sonstwem, Hausaufgabe nicht gemacht und warum, nicht rechtzeitig, weil kein Wecker, weil Liebeskummer, weil irgendwas - ich wills nicht mehr wissen.

Was geht mich überhaupt euer Leben an? Wozu soll ich mich ständig einmischen, soll nachfragen, mich kümmern, helfen, Interesse aufbringen, Verständnis zeigen?

Unterrichtsbeginn vor halbleerer Klasse. Es tröpfelt zäh nach. Das bekannte Ritual der müden Entschuldigungen und faden Ausreden. Sabine und Nicole schwatzen ungeniert, Anja liest Bravo, Thorsten glotzt bleich und übermüdet aus dem Fenster, Yvonne mustert mich geringschätzig. Wie der heute wieder aussieht!

Ich höre mich laut werden: „Hat es sich schon herumgesprochen, daß ich da bin?" Die alte ironische Leier kommt heute gar nicht gut. Vielleicht sollte ich es einmal anders versuchen, ungerecht, beleidigend, gemein und eklig, aber wenigstens laut und deutlich:

„IHR SCHLAFFSÄCKE, IHR DUMPFMEISTER, IHR NULL-BOCK-EINBRINGER! IHR SITZT HIER RUM, FALLS IHR NICHT SOWIESO SCHWÄNZT, VERBREITET ÜBELLAUNE UND UNLUST, ÄRGERT EUCH, DASS IHR ÜBERHAUPT GEKOMMEN SEID. IHR SEID IN DER FALSCHEN VERANSTALTUNG! IHR WOLLT NIX LERNEN. WOZU AUCH! SPASS HABEN WOLLT IHR, ANGENEHME UN-

TERHALTUNG, WENIG ARBEIT, MÜHE SCHON GAR NICHT. FRUST ERTRAGT IHR NICHT. SITZEN KÖNNT IHR NICHT RICHTIG, NACHDENKEN AUCH NICHT. IHR SPRECHT, WIE IHR AUSSEHT, IHR SCHREIBT, WIE IHR SPRECHT. UNTERRICHT IST EUCH LÄSTIG, LEHRER SIND SOWIESO DAS LETZTE. WAS WOLLT IHR HIER? WAS HÄNGT IHR IN EUREN STÜHLEN UND GEBT MIR DAS GEFÜHL, DASS ES AUF MICH ÜBERHAUPT NICHT ANKOMMT, NICHT AUF MEINEN UNTERRICHT, NICHT AUF MICH? ICH MAG EUCH NICHT. IHR WOLLT NICHTS LERNEN, LASST ES BLEIBEN. ICH WILL EUCH NICHTS BEIBRINGEN. EUCH NICHT. ÜBERHAUPT NICHTS..."

Vielleicht ginge es so? Stattdessen: „Silke, wie war das noch mit den Regeln für eine Inhaltsangabe?"

WIE DER/DIE HEUTE WIEDER AUSSIEHT!

Die sieben Todsünden wider das pädagogisch korrekte Prêt-à-porter

Lehrer sind - dies muß hier einmal öffentlich beklagt werden dürfen - um ihr öffentliches Erscheinungsbild herzlich wenig besorgt. Mit irdisch befleckten Augen betrachtet, sind die meisten in modischer Hinsicht entweder unwissend und unsensibel oder nachlässig und verstockt - in jedem Fall aber unprofessionell. Sie ignorieren sträflich, daß, stehen sie erst einmal vor ihrem in aller Regel aufmerksamen, wissensdurstigen und neugierigen Publikum, aller Augen erwartungsvoll und prüfend auf sie gerichtet sind, aber weniger, wie sie häufig fehlmeinen, um ihrem Vortrage zu lauschen, sondern allererst, um den Lehrkörper samt seiner traurigen Hüllen still und gründlich zu betrachten. Schüleraugen, wenn sie nicht zu Dumpfköpfen oder zur stetig anschwellenden Gruppe der Anapperzeptionisten gehören, nehmen das allein Sichtbare gnadenlos auf: Wie der/die heute wieder aussieht!

Was bleibt Schülern beiderlei Geschlechts auch anderes als diese kontemplative Haltung, wenn die Lehrkraft 100 % Aufmerksamkeit und 90 % Redeanteile beansprucht! Und wer genau zu beobachten, zu unterscheiden und zu vergleichen versteht, schärft und verfeinert nicht nur Wahrnehmung, Einfühlungsvermögen und Urteilskraft, sondern hat auch seine Freude und sein Mißvergnügen, in jedem Fall Kurzweil, Spott und Schmäh und diverse Lehrstunden zum Thema *Guter Geschmack und modische Korrektheit unter Lehrerinnen und Lehrern.*

Dies war schon zu meiner Schulzeit in den fünfziger Jahren so. Plastischer noch als den NCI oder das ceterum censeo erinnere ich die befleckten Krawatten und die meist unpaarigen Socken unseres Latein-Ordinarius, dessen einziger dunkelblauer Anzug - Jovi gratias! - nie einer Reinigung zu bedürfen schien. Bei der damals herrschenden Öde in der Kleiderordnung für das männliche Lehrpersonal (Anzug, was sonst) warteten wir stets gespannt auf die Sommersaison, um unseren gefürchteten Mathelehrer (er warf mit Kreide und Schlüsselbund) in geräumig geschnittenen, zeitlos unmodischen Herrenshorts das Klassenzimmer betreten zu sehen, für uns teils verschämt, teils heftig Pubertierende eine unerhörte, ja ans Skandalöse streifende Begebenheit, deren Höhepunkt erreicht war, wenn ihr Träger, dem im übrigen männliche Eitelkeit oder gar öffentliche Schamverletzung völlig fern lagen, sich in entspannten Momenten lässig auf eine Kante des Lehrertischs zu setzen pflegte und dabei opulente Einblicke in die schon deutlich ausgeleierte Feinripp-Unterwäsche gewährte, die auch die Gutwilligsten vom Pfade der Hesseschen Normalform und der Nullstellen-Diskussion abbrachten. Und zu den wahrhaft erhebenden Ereignissen im Französischunterricht zählten nicht das passé simple oder Maupassants Novellen, sondern die raren und exquisiten Momente, in denen unsere altjüngferlich-unfrohe Frau Doktor, der auch die Position einer Stellvertretenden Schulleiterin weder Würde noch Glanz zu verleihen vermochte, bei engagierter Tafelarbeit eine Handbreit ihres - hélàs! - selbstgestrickten Unterrocks entblößte und die dann regelmäßig aufbrechende Heiterkeit erst mit Unverständnis, dann mit Unwillen und schließlich, da auf ihr erzürntes Nachfragen keiner den Grund unserer Freude nennen mochte, mit Gekeife und Tadeln für die ausdauerndsten Kicherer quittierte.

Schön, daß die Kleiderordnung inzwischen gelockert, vielfältiger und bunter geworden ist. Aber ein postmodernes Anything goes, das sich auf die Beliebigkeit aller Stile beruft, reicht bei weitem nicht aus. Wer heutigen Heranwachsenden etwas bieten will, darf sich nicht auf seinen dünnen Wissens- und Erfahrungsvorsprung, noch weniger auf eine angemaßte Autorität berufen. Lehrer (Lehrerinnen sowieso) sind Selbstdarsteller, ob sie wollen oder nicht, aber mit der Kunst des Infotainment so wenig vertraut, daß sie schon den optischen Erwartungen ihres fernsehgeschulten Publikums in kaum einer Hinsicht entsprechen. Dabei geht es nicht darum, wie die Berghoff zu lächeln, wie Gottschalk einherzustolzieren oder wie Biolek zu plaudern - aber die Grundregeln der pädagogischen Inszenierungskunst und des schulischen

Showbiz sollten die Damen und Herren der lehrenden Zunft wenigstens kennen und gelegentlich beherzigen.

Äußere Erscheinung - sie wird von den meisten in diesem Berufsstand noch immer sträflich vernachlässigt, als äußerlich, oberflächlich, unwesentlich, ja fetischhaft gescholten. Aber nur und gerade sie ist es, die den Lernenden permanent und unausweichlich vor Augen steht - keine Fernbedienung vermag sie wegzuzappen - und so sind ihr Interesse und ihre Neugier ganz vordergründig, ganz naheliegend, ganz optisch:

Wie der/die heute wieder aussieht!

Welchen Pullover hatter denn heute an? Aha, die Hosen von gestern. Wohl zu eilig rasiert heute morgen! Mit Mühe in die zu engen Jeans gezwängt, hehe! Echt zuviel Parfum. Ham Sie ne neue Brille? Die Brosche kommt gut, nur die Ringe, naja. Hat der nur ein Paar Socken? Könnte ja auch mal wieder zum Friseur. Nix in der Bluse, kein BH, aber schlechte Laune! Die Farben sind ziemlich ätzend. Ne Tönung wär ja wohl auch mal wieder nötig. Mann, der riecht wieder ausm Mund, Knoblauch, Fusel, faule Zähne! Immer dieser Schlabberlook! Warum trägt der seinen blöden Schal immer im Unterricht? Die Jacke kann gefallen, aber die Hosen stuken. Aha, heute die strenge Brille. Wohl noch nie was von Deo gehört! Ein Knopf zu weit auf. Der hat ja Schuppen und Haarausfall, igitt. Schwarz steht ihr besser. Haben Sie heute Geburtstag - oder ne Prüfung? Zuviel Rouge, aber holla. Dreitagebart, drei Doppelkinne. Kleidersammlung, sonst nix. Vielleicht sollte er einfach mal nen Schlips umbinden?

Lehrer sind meist Mode-Muffel. Kleidung muß nützlich sein, praktisch, bequem und billig, beileibe nicht schön. Individualität nicht nur durch Eigensinn im Denken, Urteilen und Handeln sowie in Privatnuancen der persönlichen Lebensführung, sondern auch in Geschmacksfragen zu demonstrieren, fällt kaum einem von ihnen ein. Geschmacksfragen haben im bei uns herrschenden Kulturprotestantismus ohnehin etwas Anrüchiges. Demgegenüber gilt vielen ein schmuckloses Äußeres als untrügliches Zeichen aufrechter Gesinnung - eine solide Basis für modische Anomie und die Verhinderung einer noch so bescheidenen Alltagsästehetik. Was vielen Lehrern fehlt, ist der ganze vorvorletzte zivilisatorische Schliff, den sie als Erben der 68er ultimativ abgelegt zu haben glauben: Rolle und Maske, Konvention, Form und Reglement, den sie gerne als künstlich, überflüssig, unecht, verlogen, als überflüssigen Plunder denunzieren, auf den es angeblich nicht ankommt. Pädagogen-Kluft ist - von wenigen erfreulichen, meist weiblichen Ausnahmen abgesehen - einfallslos, bieder bis öde, unauffällig bis geschmacklos, nachlässig bis peinlich. Ästhetik ist selten im Spiel, eher eine als Geschmacksneutralität getarnte große Gleichgültigkeit gegenüber Mode und Design, so, als stünde im Landesbeamtengesetz der Satz: *Der Beamte ist zur vollen Hingabe, zur politischen Mäßigung und zur modischen Indifferenz verpflichtet.* (Für Nichtsahnende: Nur die letzte Bestimmung ist nicht zutreffend!) Damit aber in Zeiten der Neuen Übersichtlichkeit nicht nur hinsichtlich der politischen und moralischen, sondern auch der modischen Korrektheit eine Klarheit und eine Ordnung sei, gebe ich abschließend die sieben Todsünden wider das pädagogisch korrekte Prêt-à-porter bekannt:

1. Langweile
Ständig identisches Outfit, vom Schuhwerk bis zur Schultasche, erleichtert zwar einfach strukturierten Gemütern die Identifizierung des Lehrkörpers, hat aber außer diesem Wiedererkennungseffekt nichts zu bieten - permanente Wiederholung ödet ungemein.

2. Tarnung
Unauffällige Einfarben-Einheits-Kluft, bevorzugt kleinbürgerliches Beige, Braun, Oliv indiziert, daß der Träger seine Anwesenheit nicht

unterstreicht, betont oder hervorhebt, sondern eher konterkariert, ja gelegentlich geradezu dementiert, so als wäre Bekleidigung ein lästiges Muß, eine Beleidigung seiner Identität.

3. Gesinnungsgarderobe
Selbstgestrickte Ökopullover, ausgebeulte Jeans, verlatschte Gesundheitstreter, verwaschene Halstücher aus der Kleiderkammer der Nach-68er, meist nur Tarnkostüm für schlechten Geschmack, Gesinnungsarroganz und Übellaune. Seht: ich bin ein guter Mensch, allem Flitter und Tand abhold, lieber Sack und Asche als Sakko von Versace.

4. Potpourri
Anything goes - eben nicht. Alles egalweg mit allem kombiniert, meistens haarscharf daneben, aber nicht aus Kalkül, sondern aus Ahnungslosigkeit und mangelndem Sinn für Schnitt, Farbe, Form, Material, Abstimmung, Entsprechung, Kontrast, Spannung, Variation, Überraschung, Experiment.

5. Beharrungszwang
Allem Modischen abhold, ja wegen seiner weiblichen Komponente strikt verfeindet, dominiert schlechter Konservativismus. Altbackenes, zu lange getragener Krempel, an dem man aus nostalgischen oder anderen Gründen festhält, Vorgestriges, das in die Kleidersammlung gehört, törichtes Bestehen auf dem angeblich Gewohnten, Bewährten, Bequemen. (Wie überzeugend wäre da das alte Anzug-Hemd-Krawatte-Ritual, selbst Travolta in *Pulp Fiction*...!)

6. Krämergeist
Lehrerklamottage darf nicht teuer sein. Einmal im Jahr reicht. Schlußverkäufe, Sonderangebote, Schnäppchen, Billigplunder - bloß keine unnötigen Ausgaben für modischen Schnickschnack. Schließlich gibt es Wichtigeres im Lehrerleben.

7. Anti-Ästhetik

Was für die schönen Künste bis hin zu Architektur und Design gilt, ist für Lehreroberbekleidung tabu: ansehnliches, attraktives, nuancenreiches, individuelles, variables, witziges Erscheinungsbild. Stattdessen: anarcho-nach-lässiger Egal-Look, der sich als Nonkonformismus aufbläst, womöglich als Kritik des warenästhetischen Scheins mißversteht.

Aber Vorsicht! Overdressing kann zwar erheitern, führt aber schnell zu Gerüchten: im Lotto gewonnen, frisch verliebt, letzte Nacht nicht zu Hause gewesen (Opernball)...

Letzte Hinweise an Ratlose:

Variatio delectat. Wechseln Sie häufiger Ihre Berufskleidung! Überraschen und irritieren Sie Ihre Zöglinge mit kühnen, aufsehenerregenden, kitischigen Details! Schon die Griechen wußten, daß die Erkenntnis aus der Verwunderung kommt. Tragen Sie Neues, Ungewohntes so selbstverständlich wie das Alte! Seien Sie weder Modemuffel noch Modegimpel! Schlechter Geschmack ist immer besser als keiner! Und: Ein unerwartetes Outfit verschafft Ihnen einen unheimlich starken Auftritt!

VOM ZUSPÄTKOMMEN

Die Verachtung gewisser Höflichkeitsregeln, der Spielregeln des gesitteten Umgangs miteinander, die anderswo zum kulturellen Minimum gerechnet werden, gilt hierzulande inzwischen als eine Besonderheit, die Anspruch auf Artenschutz hat. Was einst auch bei uns selbstverständlich war, ist heute beliebig, unwichtig oder verachtenswert geworden. Dabei sind unhöfliche Leute, Erwachsene wie Jugendliche, ziemlich unmöglich und nur schwer zu ertragen. Warum dies für Leute wie mich, die keinesfalls Anhänger der gegenwärtig grassierenden gesellschaftlichen Korrektheit sind, noch immer wichtig ist, will ich im folgenden an einem besonders markanten, ja hartnäckigen Fall von Unhöflichkeit darlegen: am Zuspätkommen.

Schon die einfachsten Formen des gesitteten Umgangs unter zivilisierten Leuten sind inzwischen, vor allem bei jüngeren Menschen, derart aus der Mode oder geradezu in Verruf geraten, daß ihre bloße Erwähnung nur mitleidiges Lächeln oder verächtliche Kommentare hervorruft: Begrüßung und Verabschiedung, Bitte und Dank, Zuhörenkönnen und Ausredenlassen, Respekt und Distanz, Rücksicht und Zuvorkommenheit sind den meisten von ihnen unvertraut. Schon der Begriff Höflichkeit ist ihnen wenig geläufig, und von dem, was zu ihm gehört, verstehen sie so viel wie ein Rentner vom Cyberspace. Folglich wissen sie auch nicht, was sie tun, können es ja auch gar nicht wissen, weil ihnen niemand richtig beigebracht hat, welches Verhalten in welcher Situation welcher Person gegenüber angemessen und gesellschaftsfähig ist. Keinesfalls sind sie damit entschuldigt, denn auch Unwissenheit schützt bekanntlich nicht vor Fehlverhalten. Ich jedenfalls kann unhöfliche Menschen, speziell die Zuspätkommenden, nicht recht ausstehen.

Als ziemlich unverfroren empfinde ich Zeitgenossen, die, kaum ist das Licht im Kinosaal verloschen, das Rascheln mit Bonbonpapier und das letzte Getuschel abgeflaut, laut und dreist schwatzend in das mit Spannung erwartete Intro des Films platzen, sich plump und ungeniert durch die Reihen der Sitzenden drängen, geräuschvoll in ihre Sitze plumpsen und einem höchst wirkungsvoll den Filmanfang versauen.

Noch ärger sind die Typen, die eine Dichterlesung, die bekanntlich meistens mit viertelstündigem Verzug beginnt, mit noch erheblich größerer Verspätung aufsuchen, die Tür schwungvoll öffnen und geräuschvoll schließen, der Irritation des Dichters und einiger genervt-mißbilligender Blicke aus dem Publikum nicht achtend, auf quietschenden oder klappernden Schuhsohlen den Raum durchqueren, sich unüberhörbar auf einen leeren Stuhl flezen und selbstzufrieden die Umsitzenden mustern, statt den Dichterworten zu lauschen.

Am schlimmsten freilich sind zuspätkommende Schüler, speziell die am Montagmorgen. Ihr Auftreten, variierend nach Persönlichkeitsprofil, Weltanschauung, Tagesform und diversen äußeren Umständen, strahlt allzu häufig jene unverfrorenen jugendliche Nonchalance aus, die das Zuspätkommen - ebenso wie das Nichterledigen von Aufgaben, das Nichteinhalten von Absprachen und Terminen - als völlig normal, ja als ephemere Belanglosigkeit einstuft, nicht der Rede, nur selten einer Erklärung oder Entschuldigung wert. Was macht es schon, irgendwann in die erste Phase des Unterrichts hereinzuschneien - egal ob wichtige Mitteilungen, eine Wiederholung oder die Einführung in ein neues Thema anstehen - sich mehr oder minder wortlos und unauffällig auf seinen Platz zu verfügen, relativ umständlich Teile der Oberbekleidung abzulegen, die Schultasche hörbar auf den Tisch zu plazieren und raschelnd Arbeitsmaterial herauszufischen?! Was macht es schon, den Stundenbeginn nicht mitzukriegen, die anderen aber in ihrer Aufmerksamkeit zu stören?!

Heutige Jugendliche sehen das anders, entschieden lockerer. Zuspätkommen, so meinen sie, sei eben weit verbreitet, eine Art Gewohnheitsrecht, ja gelegentlich eine artengeschützte Besonderheit, wobei der Lehrkörper im Grunde froh sein könne, daß der Betreffende zwar spät, aber überhaupt erschienen sei. Zuspätkommen geschehe ja nicht aus

Vorsatz oder bösem Willen, sondern eher aus Schwäche, ja Schlampigkeit, gelegentlich auch, weil Zufall, Schicksal oder höhere Gewalt es so wollen. Keineswegs jedoch sei es etwas, wofür man selbst verantwortlich wäre - der Zuspätkommende ist nie Täter, immer Opfer. Entweder habe man verschlafen, weil das Wochende so anstrengend war, weil zu lange Video, weil Streß mit den Eltern, weil der Hamster Husten oder die Querflöte einen Riß hatte, weil der Wecker nicht klingelte oder Mutti nicht geweckt hat, weil der Bus schon weg war oder das Auto nicht ansprang, weil überhaupt oder gar nicht weil...

Und damit auch hier am Ende eine Klarheit und eine Ordnung sei: Zuspätkommende Schüler sind wie abstürzende Festplatten - disziplinlos und unhöflich. Zuspätkommen ist nicht nur ein schwerer Verstoß gegen die Arbeitsmoral, sondern auch ein erheblicher Störfall im sozialen Gefüge des Unterrichts. Und was einige besonders schlaue Zuspätkommende als anarcho-individuellen Protest gegen die Tyrannei der Pünktlichkeit chic finden, ist im Grunde nichts als Schwäche, schlechte Organisation, Mangel an Selbstdiziplin und Verantwortungsgefühl der Gruppe gegenüber - eben eine grobe Unhöflichkeit. Wie sagt ein altes Sprichwort: Pünktlichkeit ist die Höflichkeit der Könige. Als monarchistischer Gesinnung Unverdächtiger beeile ich mich hinzuzufügen: Wer zu spät kommt, den bestraft, wenn schon nicht das Leben, so wenigstens der Lehrer: mit Nichtachtung, Spott, Ermahnung, Eintrag, Verweis oder einer überraschenden Mitteilung an der Klassentür:

Guten Tag.
Sie haben sich verspätet.
Der Unterricht hat bereits begonnen.
Stören Sie ihn nicht -
warten Sie, bis ich Sie hereinbitte!

ICH MÖCHTE SIE NICHT DUZEN

Da Sie mich gefragt haben, ob ich Sie im Unterricht nicht lieber duzen möchte, antworte ich Ihnen gerne. Ich möchte Sie nicht duzen. Ich meine nicht, daß sich unser Verhältnis dadurch verbessern könnte. Unser Verhältnis, so empfinde ich es, ist gut, weil es ein professionelles, kein privates ist. Unterricht ist ein Rollenspiel. Ich bin Lehrer und unterrichte und erziehe Sie, die mir anvertrauten Schülerinnen und Schüler, gemäß meiner fachlichen Ausbildung und im Rahmen der gesetzlichen Regelungen und Vorschriften. Dies ist ein öffentlicher Vorgang, selbst wenn er hinter geschlossenen Türen stattfindet. Zu den Spielregeln dieser Inszenierung gehören Rollenübernahme und Rollendistanz, und diese unterschiedlichen Rollen in der Schule für sich zu markieren und einzuhalten ist für das gemeinsame Lernen und Arbeiten unverzichtbar. Die Rollendistanz hilft Ihnen, ein instrumentelles Verhältnis zum Lernen aufzubauen, nicht alles an der Person des Lehrers zu orientieren; sie hilft Ihnen beim Erwachsenwerden, fördert Höflichkeit und Respekt, das Nicht-zu-nahe-Treten und das Nicht-zu-offen-Sein; nur sie schafft jenes professionelle Verhältnis, das als pädagogisches Verhältnis durchaus ein persönliches ist, aber deshalb noch kein privates sein muß. Unterricht kann gelingen, wenn Schüler und Lehrer Sozialität erfahren, nämlich eine begrenzte, gleichwohl intensive Gemeinsamkeit unter Fremden. Ich ziehe es vor, Sie als Erwachsene zu behandeln. Duzen täuscht oft eine persönliche Vertrautheit vor, die gar nicht vorhanden ist. Natürlich könnte ich Sie auch duzen. Was wäre gewonnen? Ich fühle mich wohl in meiner Lehrerrolle. Unser Verhältnis finde ich offen, zugewandt, unverkrampft, auch ohne Duzen. Lassen wir's also beim Sie.

SELBSTVERSUCH

Wie man eine Physikstunde überlebt
Gastgeschichte von Stefanie Eisenhuth

Physik war schon immer mein Lieblingsfach.

Vor allem donnerstags in der siebten Stunde löst es bei mir schlagartig unbeschreibliche Glücksgefühle aus. Die Jahreszeit kann diese Begeisterung bis ins Unermeßliche steigern. Im Frühling sehe ich die Knospen auf den Bäumen vor dem Fenster sprießen und sehne mich danach, sie in waagerechter Lage aus meinem Zimmerfenster zu betrachten. Im Sommer sehe ich nichts durch diese Fenster. Nichts, weil außer meinem Semester niemand mehr anwesend ist. Hitzefrei bescherte ihnen einen Tag im Freibad, in der Eisdiele oder zu Hause auf dem Balkon. Der Herbst deprimiert mich wegen der bunten Blätter. Durch die dreckverkrusteten Glasscheiben sehen sie nicht halb so schön aus. Die Perspektive von der Bank im Hof aus würde mir besser gefallen. Der Winter ist furchtbar in diesem Raum, weil es kalt ist. Draußen, im Schnee, wäre Kälte angenehm. Aber nicht hier. Hier ist sie einfach nur kalt. Der Raum ist zwar auch weiß wie Schnee, aber erinnert nicht an Schnee. Er hat eher das Weiß eines Leichenaufbewahrungsraumes. Ich vegetiere vor mich hin. Zusammen mit 27 anderen Leidenden ergebe ich mich meinem Schicksal.

Ein Blick auf die Uhr zerstört alle Hoffnung: noch 40 Minuten. Selbstmordgedanken kommen auf. Krampfhaft klammere ich mich an meinen Bleistift, halte ihn fest und lasse ihn nie wieder los. Bloß nicht auf falsche Ideen kommen. Diese Anstrengung nimmt mich so in Anspruch, daß ich die nächsten 10 Minuten damit verbringen, apathisch den Stift anzustarren. Unmöglich, dabei irgendwelchen Unterrichtsstoff aufzunehmen...

Nach 20 Minuten beginnt die zweite Phase, auch Aggressionsphase genannt. In diesem Stadium projeziere ich meine zerstörerischen Gedanken auf meine Umgebung. Wie zufällig bleiben sie am Lehrkörper hängen. Mit Laser und Doppelspalt bewaffnet steht er vor mir, starrt mich an, ahnt meine Gedanken, ignoriert sie und erzählt weiter. Ich lasse den Bleistift sinken, lege ihn aber nicht weg, sondern führe ihn zum Munde und beiße herzhaft hinein. Es schmeckt nicht, beruhigt aber ungemein. Genüßlich kaue ich. Alle Aggressionen und zerstörten Illusionen lege ich in diese Bisse. Jeder Biß: ein Messer in seinen Rücken. Wenn Bisse töten könnten...

Noch 15 Minuten. Jetzt kommt die Lethargiephase. Ich starre abwechselnd aus dem Fenster und in die Klasse. Zehn leere Blicke treffen den meinen, nehmen ihn gar nicht wahr und gleiten zum Fenster hinüber, sehen Blätter beim Fallen, Federn beim Steigen, Kinder beim Spielen, Schüler beim Rauchen und Hausmeister beim Putzen. Die restlichen Blicke richten sich mehr oder weniger gen Tafel. Einige befinden sich jetzt in der vierten, der Kreativphase. Dies ist die beste, weil produktivste. Strichmännchen-Comics werden gezeichnet, Briefe geschrieben, Überschriften verziert, Parolen ersonnen, es wird Zeitung gelesen, kommuniziert...

In jedem Schüler gibt es jedoch einen Instinkt, der ungefähr vom 6. Lebensjahr ab in Erscheinung tritt. In Fachkreisen wird er der Pausen- oder Unterrichtsschlußinstinkt genannt. Er läßt jeden Schüler spätestens eine Minute vor dem Klingeln erwachen und versetzt ihn in höchste Aktivität. Hefter verschwinden, Federtaschen hinterher. Nach Beendigung dieser Phase kommt die Chance für den Lehrkörper. Da die Schüler nicht mehr anderweitig beschäftigt sind und süchtig dem Stundenende entgegenfiebern, sind sie für etwa 30 Sekunden aufnahmefähig. Ich höre Wörter wie *Spektrum* und *Überlagerung*. Was bedeuten sie? Er hat es tatsächlich geschafft. Das ganze Wochenende wird mich diese Frage beschäftigen, belasten und zerfressen.

Tief in Gedanken versunken verlasse ich den Raum.

VERSTÖRTE SCHÜLER

Sieben Krankheitsformen im Schülerberuf

Deutschlands Lehrer sind marode: überfordert, gehetzt, ausgebrannt: *hurried teachers.* Rainer Winkel hat in einer großangelegten empirischen Studie „Gehetzte Lehrer" (Berlin 1995) acht Typen ausgemacht, nämlich den hypermotorischen, den gestreßten, den ängstlichen, den aggressiven, den innerlich abwesenden, den fahrigen, den leistungsbesessenen und schließlich den gejagten. Ein unschöner Befund, aber dem Berufsstand insgesamt wohl angemesen. Schule vermag eben vieles: bilden und verbilden, unterhalten und langweilen, erheben und niedermachen, erheitern und verstören - und krankmachen. Schule verstört aber nicht nur das pädagogische Personal, das dafür - viele wissen, bekritteln und beneiden es - relativ gut entlohnt wird, sondern auch und vor allem Schüler, Schülerinnen sowieso. Viel zu früh erwachsen geworden, ohne gereift zu sein, machen viele von ihnen einen durchaus verstörten Eindruck. Siebenfach läßt sich beim heutigen Forschungsstand die Typologie des verstörten Schülers entfalten:

1. Der nervöse Typ
Unfähig zur Stille und inneren Sammlung, ist dieser Schüler zappelig, fahrig, unstet, unkoordiniert und unkontrolliert, ständig in Bewegung, aber nicht dynamisch, sondern hektisch, häufig laut und dumm, eine Plage für den Geist.

2. Der apathische Typ
Er wirkt irgendwie (bloß wie?) absent, entweder total übermüdet, was er durch ungeniertes Gähnen kundtut, oder einfach geistig weggetreten, mit diesem leeren Blick ins Nirgendwo, der signalisiert: Laßt mich bloß in Ruhe!

3. Der selbstbewußte Typ
Er trägt seinen Überwertigkeits-Komplex wie einen Heiligenschein zur Schau, ist permanent positiv, hat eine Super-Ausstrahlung und ist everybody's darling - kein Wunder bei seinem King-Size-Ego. Daß er herzlich wenig weiß und kann, ficht ihn nicht an.

4. Der ängstliche Typ
Obwohl die Tatsachen häufig gegen ihn sprechen, besteht er auf seinem Recht, unter Legasthenie, Schuld- und sonstigen Minderwertigkeitskomplexen zu leiden. Er sieht aus wie der natural born looser, so häsig und verdruckst. Mit ihm ist nichts anzufangen.

5. Der gestreßte Typ
Für ihn ist die Schule ein Störfall, das ganze Leben ein permanenter Streß. Jeder körperliche oder geistige Aufwand wird mit tragischem Stöhnen oder schlimmen Verwünschungen begleitet, kein Tag ohne Schweißausbrüche und Migräne. Schwer genießbar.

6. Der nervende Typ
Mit dem nervösen nicht identisch. Er redet ständig dummes Zeug, macht sich überall wichtig, bläst sich auf, bohrt mit Fragen, will angeblich alles ganz genau erklärt haben, gibt keine Ruhe, weiß alles besser, schleimt obendrein. Weiträumig meiden!

7. Der abwesende Typ
Nicht mit dem apathischen zu verwechseln. Er verkörpert den verstörten Schüler par excellence, der von Schule, Lehrern, Mitschülern, Unterricht, Leistungsanforderungen etc. so nachhaltig beeinträchtigt ist, daß er es vorzieht, der Lehranstalt fernzubleiben.

KLASSENARBEIT

Es ist so still. Die Schüler sind beflissen.
Ihr schlaffer Geist tropft zäh auf das Papier.
Sie stieren vor sich hin, bemüht, verbissen.
„Mann, diesmal wenigstens 'ne glatte Vier!"

Das Klima rauscht. Die Luft ist wie zum Schneiden.
Ein Hüsteln. Stummes Aus-dem-Fenster-Sehn.
Wie sie den frischen Wind den Tauben neiden,
die vor dem Fenster ihre Kreise drehn.

Dort draußen Tag. Hier drinnen Neonhelle.
Wie sie so schwurblig, so verbiestert sind
und träge träumend treten auf der Stelle.
Ein alter Mann dreht traurig sich im Wind.

AMBULANT ÜBEL

Aus Entschuldigungsschreiben

Sehr geehrter Herr S.,
ich möchte Sie bitten, mein Fehlen am Donnerstag, dem 3.12.87 zu entschuldigen - mir wurde ambulant ein Zehennagel abgenommen.

Sehr geehrter Herr S.,
wieder einmal möchte ich darum bitten, mein Fehlen am Montag, dem 7.12.87 zu entschuldigen. Mir wurde ambulant übel - wird mir das abgenommen?

Sehr geehrter Herr S.,
ich möchte mich für mein Fehlen im Deutschunterricht am Freitag, dem 19.2.1988 entschuldigen. Eine Begründung will mir nicht einfallen. Schöpfungsekel? Buße? Selbstdarstellungstrieb? Am besten wohl Magen-Darm-Störungen.
Mit freundlichem Gruß...

Sehr geehrter Herr S.,
entschuldigen Sie, daß ich mich wieder entschuldigen muß. Heute verschlief ich und verpaßte den ersten Block. Es wird nicht wieder vorkommen.
Hochachtend...

Sehr geehrter Herr S.,
ich muß mich für mein Fehlen am 11.5.1988 entschuldigen. Ich erlag der Anstrengung der letzten Wochen.
Mit Dank und Gruß...

Sehr geehrter Herr S.,
submissest ersuche ich um Dero wohlwollende Nachsicht, meine unge-

bührliche Verspätung im Deutschunterricht betreffend. Sie betrübt mich aufrichtig; allein es ist Montagmorgen, und meine Querflöte hat einen argen Riß.
Dero wohlaffektionierter

Enfin:
„Anna Weinkamm kommt zu spät zur Schule. Sie hat mich am Reichstag besucht."
Jeanne-Claude, 3. Juli 1995

SPORT IST SCHÖN

Bundesjugendspiele '94

Sport ist schön. Unsere Schuljugend weiß das und weiß es zu schätzen. Sport macht Spaß, wenn er schön ist. Das Outfit ist alles. Junge Damen tragen zum Sportschuh - schwarz, was sonst, mit Plateausohle - mehrlagig übereinandergestulpte Wollsocken in schwarz-grau-weiß, wobei sich die oberste weiße durch allerlei hübsch pludrige Muster dekorativ hervorhebt. Hüftabwärts bis ans Knie sieht man überwiegend stretchglänzende, hautnahe, aber blickdichte Radlerhosen, darüber -over&oversized - T- oder Sweat-Shirt mit Werbeaufdruck. Fünf Ringe an jeder Hand, die Haare frisch geföhnt, das Make-up dezent, aber unübersehbar. Seltene Exemplare tragen farbenfröhliche Jogginghosen, aber auch bei ihnen geht nichts am ultimativen Sportstiefel vorbei, ohne den der heutige Jugendliche keiner ist, sondern daneben, megaout, ein Nobody.

Auch an den jungen Männern scheint der Trend zum demimondänen Sport-Chic nicht ganz spurlos vorbeigezogen zu sein. Ansonsten notorische Modemuffel, erfreuen sie hier das Auge durch bunte Hemdchen überm Bermuda oder durch fesche Kombinationen mit halblangem Bein. Ohne sportives Schuhwerk Marke Käselade oder Kindersarg geht auch hier nichts.

Schön, daß gegen 9 Uhr zwanzig die Sonne hervorschaut und das bunte Treiben in ein mildes Herbstlicht taucht. 100 Meter Mädchen: Würden sich einige ihrer Stulpen und Jäckchen entledigen, wären sicher einige Zehntel drin, aber darum geht es doch hier nicht. Sport ist nur schön als Nebensache. *Deine Lunge macht das bald nicht mehr mit,* sagt eine flotte 14jährige besorgt zu ihrer kräftig dauerhustenden Freundin. Derweil wirft unser aller Herr Schmidt einen wohlwollend-prüfenden Blick in die Stadionrunde, ob denn auch alle eingeteilten Kollegen da seien. Sind sie's? Bei den Schülern jedenfalls fehlen etliche. Die anwesenden finden alles cool bis heiter, sind froh, da zu sein, zu sehen und gesehen zu werden, zu schwatzen, zu kichern und zu ätzen. Die eingestreuten sportlichen Disziplinen werden beiläufig und ohne übertriebenen olympischen Ehrgeiz absolviert.

Lollis werden ausgepackt, Zahnspangen blitzen. *Zeig mal, sieht voll geil aus! Miriam, Kabine 15! Wo ist Herr Horländer? Darf ich messen? Du lahme Kröte. Riege 9 hierher! Mann, Herr Horländer! Gut, Anke. Wo issn Diana? Du, Natascha, das müßtest du auch schaffen. Markus, ick warte hier. Alice, was machst du denn da? Ach du Kacke, is det peinlich! Leila, komm! Hast übertreten. Nee, habick nich!* Herr Witt, der Hausmeister, hat alles im Blick, gelassen liegt die Skyline da, Sonne lugt freundlich durchs weiße Gewölk.

Schön sein, Spaß haben, moniert milde der Schulleiter, der noch alljährlich das Sportabzeichen ablegt, *aber nicht wissen, wie man den Anlauf festlegt!* Den jungen Menschen ists einerlei. Sporty and comfortable. Viktor Lazlo, best clothing. *Na, Maria, gehste schon mit Tim?* Isa trägt fünf Ketten übereinander. Mädchen riechen besser, Jungen sind angeblich rauher. *Herr Dekaris, in welcher Riege binnich?* Der richtige Absprung ist beim Weitspringen wohl das schwerste: Schrittlänge, Tempsteigerung, Blick für den Balken, Absprung mit dem richtigen Fuß... selbst Heike Drechsler! *Wenn ich jetzt Sprint und 800 Meter mache, krieg ich dann mehr Punkte?* Leila springt mit Lolli, nicht besonders weit, aber dekorativ, vor allem wie sie danach die Mähne zurückwirft, richtig MTVmäßig. *Wo ist der Riegenführer? Julian, weißt du, wie das geht? Hallo, ist das Riege 1? Frau Steinmann, darf ich meine Ohrringe abnehmen? Riegenführer kannich nich. Ey, wo isn Kolja? Von vier Disziplinen nur drei. Dann kann ich eine weglassen? Mario und Sebastian fehlen. Nachher soll es regnen. Naund?*

Schön ist der Sport. Schön anzusehen. Sport-Show. Hoffnungsvoll, wie diese Jugendlichen lässig, witzig, gelegentlich sogar charmant ihre unterschiedlichen Stile zur Schau tragen, fern der Einheitskluft früherer Zeiten (*Ohne weiße Turnhose kommst du hier nicht auf den Platz!*), wo Disziplin und Gewinnenwollen herrschten, und tröstlich, wie nebensächlich und unprofessionell sie den Sport eher vermeiden als betreiben...

Tja, Leute, ich hab heut meinen milden Blick, ist ja auch kein Unterricht... Schaun wir mal. Alsdann. Ich muß jetzt rüber zum Weitsprung 1...

Es ist wunderschön hier, ich vermisse Berlin gar nicht, aber wohl mein Plätteisen, meine Waschwanne, mein Scheuerfaß, meinen Zuber, Kehrbesen, Schrubber, Schippe und Sonnenhut...

Wie ich höre, habt Ihr Eure Schule nach mir benannt und begeht feierlich das 20jährige Bestehen derselben. Das freut mich von Herzen, habe ich doch selbst sieben Kinder großgezogen und weiß um die Mühsal des Erziehungsgeschäftes. Da Ihr nun meinen Namen tragt und so häufig im Munde führt, daß mir davon bisweilen die Ohren klingen, erinnert Euch meiner Gesetze für ein modernes Schulwesen, die ich 1844 in meinem Berliner Salon in scherzhaftem Ton, heiteren Sinnes, aber allen Ernstes vorschlug für den Fall, ich wäre Kultusministerin:

Die Schule, so meinte ich damals, *muß so organisiert sein, daß das Kind schon als Erwachsener angesehen wird; schon in der Schule muß es seine Selbstheit erkennen, damit sein Verhältnis zum Lehrer ein frei gewähltes werde.*

Letzteres ist Euch offenbar recht ordentlich gelungen, wie die vielfältigen Wahlmöglichkeiten an Eurer Schule anzeigen. Aber vielleicht habt Ihr das mit dem Erwachsenwerden doch falsch verstanden. Erwachsen werden Eure Zöglinge nicht, wenn Ihr ihnen alle Steine, an denen sie sich stoßen könnten, aus dem Wege räumt, noch sie fördert, ohne sie rechtschaffen zu fordern. Und Selbstheit erwirbt man nicht, wenn einem das meiste abgenommen, vorgekäut und in kleinsten Häppchen angenehm serviert wird.

Ferner verwundert mich, daß Ihr noch immer fleißig Schüler derselben Altersstufe von einer in die andere Klasse versetzt. Oh, welch ein Widersinn! Welch ein Anachronismus! Sagte ich nicht damals: *Die Versetzung von einer Klasse in die andere geht nicht nach der Gesamtheit seines Wissens, sondern nach dem Maaße des Wissens in jedem Zweige, für die es den Unterricht in verschiedenen Classen erhalten kann.*

Und was tut Ihr? Wie ich höre, versetzt Ihr Schüler nicht bloß in Ansehung ihres Wissensstandes, ihrer Fertigkeiten und ihrer Urteilskraft, sondern gleichfalls, damit der nachfolgende Jahrgang nicht ungebührlich belastet werde. Hattet Ihr Euch denn nicht vorgenommen, alle Schüler ihren Fähigkeiten und Begabungen entsprechend zu fördern, nicht Euch vorgesetzt, unwillige und schlimme Eurer Anstalt zu verweisen, um Platz zu schaffen für solche, die ihrer wert und würdig wären? Welchen Wert haben bei Euch Wissen und Bildung? Können Eure Schüler sich noch über erbrachte Leistungen freuen? Zeigt Ihr ihnen, daß Lernen auch lohnende Mühe und Anstrengung, selten bloßes Amusement bedeutet?

Mein letzter damaliger Gedanke war: *Hauptgegenstand des Unterrichts ist Politik.*

Nun - denken, urteilen und handeln Eure Schüler politisch? Nehmen Sie wahr, was im Staate und in den Weltverhältnissen vorgeht? Greifen sie herzhaft in die Dornen der Zeit?

Verzeiht, wenn meine Fragen Euch unbedacht, töricht oder verkehrt erscheinen. Nehmt mich, wie ich bin: neugierig, unbequem, manchmal ungerecht. Und vergeßt nicht, welche Verpflichtung Ihr mit der Wahl meines Namens eingegangen seid. Bedenket dies, gedenket meiner mit Nachsicht und bleibt mir gewogen.

Mit herzlichem Gruß

Bettine
Wiepersdorf, im Juli 1993

AN DEN HERRN VON MONTAIGNE

Ach, Montaigne, wenn Ihr wüßtet! Aber Ihr könnt ja nicht wissen, wie modern Ihr seid. Euer Leben als literarischer Selbstversuch, Euer Tod als Reise in die grenzenlose Freiheit, Eure Tugenden: Witz, Verstand, wohlgemute Skepsis und stoische Gelassenheit stünden den vermeintlich postmodernen Zeitgenossen am Ende des Jahrtausends, in dessen Mitte Ihr gelebt und geschrieben habt, wohl an. Lange vor Freud habt Ihr Euch in der kritischen Selbstanalyse und -reflexion geübt, habt Euch selbst zum Gegenstand Eures Interesses und zum Mittelpunkt Eurer gelehrten Überlegungen gemacht. Eure Aufrichtigkeit, Unvoreingenommenheit und Offenheit - vertues anciennes et modernes!

Wenn Ihr wüßtet, Montaigne, wer außer Shakespeare, Voltaire, Goethe, Nietzsche und Sackmeyer Eure Essais für wahrhaft anregend, nämlich nützlich und ergötzlich hält! Natürlich könnt Ihr auch nicht wissen, daß Ihr als einer der Entdecker des Ich geltet in einer Zeit der Entdeckungen, Umbrüche und Krisen, als ein moderner Sokrates, der weiß, daß er nichts oder doch noch zu wenig weiß, und der aus dieser Skepsis heraus denkt, schreibt und lebt. Wenn Ihr nur wüßtet, wie sehr Euer undogmatischer Blick auf die Menschen Eurer Zeit so vielen dogmatisch vernagelten heutigen Zeitgenossen zu wünschen wäre!

Vielleicht wüßtet Ihr auch gern, wie Euer *Mischmasch*, den Ihr nach eigenem Bekunden *zusammengeschmiert* habt, auf heutige Schüler wirkt, etwa Euer Satz: *„In einer Zeit, da es so gemein* (=allgemein üblich, selbstverständlich) *ist, Böses zu tun, ist es fast lobenswürdig, etwas Unnutzes zu tun"*, der vielen höchst aktuell vorkommen mag. Und schließlich: Wie hätte einer wie Ihr, der die Schrecken der Bartholomäusnacht und der Religionskriege mitverfolgt hat, sich wohl verhalten, wäret Ihr nicht Gascogner des 16., sondern Bosnier des ausgehenden 20. Jahrhunderts gewesen - hättet Ihr die brasilianischen Kannibalen wohl noch immer gelobt?

Montaigne, rüstiger Greis, wenn Ihr wüßtet, wie Eure Einstellung zum Tod als dem allgegenwärtigen, unvermeidlichen Ziel des Lebens uns Heutigen helfen könnte, die Todesfurcht zu besiegen und mit der Kunst des Lebens auch die des Sterbens zu lernen! Ihr seid, was Rimbaud vom Dichter gefordert hat: *absolument moderne*. Und wir Nachgeborenen versuchen, Euch nachzukommen, indem wir uns selbst versuchen, selbst entdecken, essayistisch leben und gelegentlich schreiben - über Euch, Montaigne, über uns.

GROSSE DICHTER - KLEINE LICHTER

Aus geheimen Schuldossiers

Vogelweide Walther
mogelt wie sein Alter

Andi Gryphius
redet viel Stuß

Grimmelshausen
Kopf voll Flausen

Matze Claudius
große Hohlnuß

Gottfried Herder
Schulverderber

Martin Wieland
sieht hier nie Land

Wolfgang Goethe
eitle Tröte

Friedrich Schiller
Lehrerkiller

Freddy Schlegel
übler Flegel

Brüder Grimm
doppelt schlimm

Heinrich Kleist
faul und dreist

Hölder Fritz
ohne Witz

Und Jean Paul
ziemlich faul

Büchner Schorsch
vorlaut forsch

Heinrich Heine
Manieren keine

Wilhelm Busch
zuviel Pfusch

Hebbels Fritze
zu nix nütze

Willy Hauff
hör bloß auf!

Th. Fontane
voll im Wahne

Gerhart Hauptmann
und das glaubt man?

Hannes Schlaf
dummes Schaf

Stefan Zweig
fies und feig

Bertolt Brecht
laut und frech

Georg Trakl
voller Makl

Hermann Hesse
große Fresse

Rilke Rainer
träg wie keiner

Thomas Mann
wenig kann

Siegfried Lenz
dummer Stenz

Arno Schmidt
macht nie mit

Dürrenmatt
schlaff und fad

Günter Grass
gar kein As

Heiner Müller
auch kein Knüller

Botho Strauß
Schreck und Graus

EIN SCHULRAT SPRICHT

EIN SCHULRAT SPRICHT

Zur Frage der Dienstpflichten der Lehrer

Sehr geehrte Kolleginnen und Kollegen!

Zu Beginn dieses Schuljahres wurde die hiesige Schulaufsicht mit einer Reihe von Verweigerungsmaßnahmen konfrontiert, die diejenigen im Zusammenhang der Erhöhung der Arbeitszeit für Berliner Lehrer im März 1992 bei weitem übersteigen, und hat entsprechend ihrem Selbstverständnis und auf der Grundlage der zur Zeit erkennbaren Rechtslage reagiert. Wir müssen feststellen, daß Eltern und die Öffentlichkeit auf eine Reduzierung von pädagogischen Angeboten mit Bestürzung und Empörung reagieren. Besonders in der Elternschaft stößt auf Unverständnis, wenn immer mehr Lehrerinnen und Lehrer unter Berufung auf eine Äußerung von Ministerpräsident Gerhard Schröder (Niedersachsen), Lehrer seien *faule Säcke*, einen Teil ihrer dienstlichen Aufgaben gröblichst vernachlässigen, ja sogar offensiv und demonstrativ nicht erfüllen.

Die Schulaufsicht betont, daß sie das populistische Gerede des Herrn Schröder für beifallsträchtigen Unsinn und obendrein für zynisch hält, und versichert die Lehrerschaft ihrer uneingeschränkten Loyalität. Sie weist jedoch nachdrücklich darauf hin, daß Lehrerinnen und Lehrer einem weiteren Imageverlust in der Öffentlichkeit nicht dadurch Vorschub leisten dürfen, daß sie das landläufige Vorurteil vom faulen Lehrer durch Ernstnehmen auf die Spitze treiben und damit bestätigen - eine fatale Fehlhandlung mit möglicherweise verheerenden Folgen für einen ganzen Berufsstand.

In diesem Zusammenhang übermitteln wir Ihnen im Rahmen der von uns vertretenen Dienst- und Fachaufsicht das folgende Kodifikationsgefüge und weisen Sie nochmals - ungeachtet aller schul- und verbandspolitischen Auslegungen - auf Ihre Dienstpflichten hin.

Allgemeine Bemerkungen

Lehrerinnen und Lehrer (im weiteren Lehrer) tragen gemeinsam mit der Schulleitung die Verantwortung dafür, daß die Schule die ihr gestellten Aufgaben erfüllt. Die Aufgaben der Schulaufsicht bleiben davon unberührt (vgl. § 9 SchulVerfG).

In den Empfehlungen der Bildungskommission des Deutschen Bildungsrates heißt es dazu: *Die Aufgaben des Lehrers lassen sich darstellen unter den Gesichtspunkten des Lehrens, Erziehens, Beurteilens, Beratens und Innovierens. Obwohl diese Aufgaben nicht voneinander zu trennen sind, kann die Vielfalt seines Auftrages am deutlichsten unter diesen Einzelpunkten dargelegt werden.* (Deutscher Bildungsrat; Strukturplan für das Bildungswesen, Klett-Verlag, 4. Auflage 1972, S. 217)

Es gehört deshalb zum Beruf des Lehrers, besonders seine pädagogische Verantwortung im vollen Umfang wahrzunehmen und die Schülerinnen und Schüler (im weiteren Schüler), entsprechend der Vorgaben, die durch Rechts- und Verwaltungsvorschriften, Richtlinien und Lehrpläne, Konferenzbeschlüsse sowie Schulaufsichtsbehörden und Schulleitung gesetzt sind, zu unterrichten, zu erziehen, zu beraten und zu beurteilen (§ 10 SchulVerfG).

Der Lehrer trägt im Rahmen der Rechtsordnung und seiner dienstlichen Pflichten die unmittelbare pädagogische Verantwortung für den Unterricht und seine Erziehungsarbeit. Er ist verpflichtet, seine Aufgaben gewissenhaft zu erfüllen und ist dabei an die Rechts- und Verwaltungsvorschriften sowie die dienstlichen Weisungen gebunden (§§ 21 und 22 LBG).

Durch das öffentlich-rechtliche Dienst- und Treueverhältnis ergeben sich die Bestimmungen des öffentlichen Dienstrechts und des Schulrechts des Landes Berlin.

Für die Lehrer im Angestelltenverhältnis gelten sie entsprechend. Lehrer sind damit weisungsgebundene Beamte (Art.33 Abs.4 und 5 GG).

Die Dienstpflichten der Lehrer lassen sich (vom Grundsätzlichen her) unterteilen in
- die Pflichten, die sich aus dem Beamtenverhältnis ergeben;
- die Pflichten, die sich aus der Unterrichtsführung ergeben sowie
- die außerunterrichtlichen Verpflichtungen (Abschnitt III/1 LBG).

Der Lehrer ist verpflichtet, seine volle Arbeitskraft dem Beruf als Lehrer zu widmen, die gesamte Unterrichts- und Erziehungsarbeit in seinem Verantwortungsbereich zu planen, vorzubereiten, durchzuführen und auszuwerten sowie den Unterricht und die Erziehung in eigener pädagogischer Verantwortung zu gestalten. Er hat sich über die für ihn maßgebenden Rechts- und Verwaltungsvorschriften zu informieren und danach zu handeln. Hierzu gehört insbesondere die Kenntnisnahme aller veröffentlichten schulbezogenen Vorschriften. Daraus leiten sich für den Lehrer umfangreiche Verpflichtungen und konkrete Aufgaben für die dienstliche Tätigkeit ab (§ 20 LBG).

Grundpflichten des Lehrers

Die sich aus dem Beamtenverhältnis ergebenden Grundpflichten fordern vom Lehrer eine
- allgemeine Treuepflicht (§ 18 LBG),
- Pflicht zur politischen Mäßigung (§ 19 LBG),
- Gehorsamspflicht (§ 21 LBG)
- Dienstleistungspflicht (§ 20 LBG),
- Pflicht zur Amtsverschwiegenheit (§ 26 LBG).
- Pflicht zu achtungswürdigem Verhalten (§ 20 LBG).

Allgemeine Dienstpflichten des Lehrers

Zu den <u>allgemeinen Dienstpflichten</u> (Einzel- und Nebenverpflichtungen) des Lehrers, die sich aus Unterrichtsführung und außerunterrichtlichen Verpflichtungen ergeben, gehören:

- Die Erteilung der wöchentlichen Pflichtstundenzahl.

Die Regelung der Pflichtstundenzahl ist keine Regelung der Arbeitszeit, denn die Unterrichtsleitung betrifft nur einen Teil der Arbeitszeit des Lehrers, die entsprechend seiner pädagogischen Aufgabe wegen der neben dem Unterricht bestehenden Einzelverpflichtungen nicht im einzelnen in meßbarer und überprüfbarer Form bestimmt, sondern nur geschätzt werden kann.

- die sorgfältige Unterrichtsplanung, Unterrichtsvorbereitung, -durchführung und -nachbereitung;
- die pünktliche Gewährleistung des Unterrichtsbeginns und Unterrichtsabschlusses;
- die umfassende pädagogische Förderung aller Schüler im Unterricht und im Schulleben;
- die allgemein üblichen mit Unterricht und Erziehung zusammenhängenden Arbeiten, so z.B.:
    * Kontrolle der Anwesenheit der Schüler im Unterricht,
    * Führen der Klassenbücher (Klassenlisten),
    * Beschaffen bestimmter Unterrichtsmaterialien für die Schüler,
    * Beaufsichtigen und Korrektur von Schüler- und Klassenarbeiten (in der vorgesehenen Zahl),
    * Erteilen, Kontrollieren und Auswerten von Hausaufgaben,
    * Führen von Gesprächen mit Schülern,
    * Beurteilen von Schülern,
    * Erteilen von Noten;
- die gründliche Beachtung der Sicherheitsmaßnahmen im Fach Sport, beim Experimentieren und praktischen Arbeiten;
- die regelmäßige Beobachtung des Gesundheitszustandes der Schüler (Gesundheitsfürsorge);
- die jederzeitige Einflußnahme auf den pfleglichen Umgang mit dem Eigentum der Schule;
- die ständige Wahrnehmung der Aufsichtspflicht, einschließlich der Sicherheitserziehung und Unfallverhütung (§ 10(3) SchulVerfG), so z.B.:

* vor Beginn und nach Ende des Unterrichts (15 - 20 Minuten),
* im Unterricht,
* in Unterrichtspausen und
* bei schulischen Veranstaltungen (Schulfeiern, Sportfesten, Wandertagen, Schülerfahrten, Schullandheimaufenthalten, Schuluntersuchungen, Betriebsbesichtigungen u.a.m.);

Diese Aufsichtspflicht gilt auf dem Schulgrundstück und an deren Orten sowie zwischen diesen, wenn dort schulische Veranstaltungen stattfinden;

- die Anfertigung schriftlicher Nachweise;
- die Information der Schüler über das schulische Leben;
- die Weitergabe wichtige Informationen über die Entwicklung der Klasse;
- die Meldung wichtiger Vorkommnisse und festgestellter bzw. erkannter Gefahrenquellen;
- die Fertigung von Mahnungen bei Schulversäumnissen;
- die Beratung mit dem Klassensprecher über besondere Anliegen der Klasse;

die Beratung mit den Schülern über schulische Fragen, z.B. Gestaltung des Unterrichts, Bewertung von Leistungen, Entwicklungstendenzen u.a.m. (§ 40 (1) SchulVerfG);

- die Betreuung von Arbeitsgemeinschaften;
- die Mitwirkung an der Vorbereitung und Durchführung von Wandertagen, Klassen- und Schulfahrten, Exkursionen, Betriebsbesichtigungen, Schülerfahrten, Schullandheimaufenthalten;

die Teilnahme und Mitwirkung an Veranstaltungen der Klasse oder Schule, auch außerhalb des Unterrichts;

- die Teilnahme und Mitwirkung an Dienstbesprechungen und Konferenzen (§ 11 SchulVerfG);
- die Zusammenarbeit mit den schulverfassungsrechtlichen Organen der Eltern, der Schüler und dem schulpsychologischen Dienst (z.B.: Teilnahme an Elternversammlungen, Klassenkonferenzen u.ä.) (§ 1

SchulVerfG);
- die Beratung und Information der Erziehungsberechtigten zu Fragen der Bildung und Erziehung:

  * Planung und Gestaltung des Unterrichts,
  * Maßstäbe der Leistungsbewertung,
  * Entwicklung schulischer Leistungen (§ 40 SchulVerfG),
  * Erziehungsprobleme,

  (Elternsprechstunde, Einzelsprechstunde, Hausbesuche);
- die Mitwirkung an der Vorbereitung und Durchführung schulischer Prüfungen;
- die Mitwirkung an der Vorbereitung und Durchführung von Zwischen- und Abschlußprüfungen bei den zuständigen Stellen;
- die selbständige Fortbildung und die Teilnahme an Fortbildungsmaßnahmen (auch in unterrichtsfreier Zeit);
- die Erteilung von Vertretungsunterricht;
- die Durchführung von Unterricht in Filialen;
- die rechtzeitige Fertigstellung von Zeugnissen;
- die Erfüllung von Verwaltungs- und Organisationsaufgaben (z.B.: Aktenführung, Statistiken, Berichterstattungen, Anfertigung von Schülerlisten u.a.m.);
- die Übernahme von Ausbildungsaufgaben in der Lehrerausbildung.

Wir verweisen auch auf die grundsätzlichen Ausführungen „Grundriß des Schulrechts in Berlin“, Schulrechtssammlung Luchterhand.

Der Versuch, die allgemeinen Dienstpflichten des Lehrers aufzulisten, kann natürlich nicht abschließend gelingen. Dies liegt begründet in dem komplexen Berufsbild des Lehrers und den mannigfaltigen pädagogischen Ausprägungen der einzelnen Schulstufen.

Weitere Tätigkeiten des Lehrers

In der Berliner Schule werden bisher eine Fülle von weiteren Tätigkeiten durch Lehrer geleistet, die

- die weitere Ausformulierung des Bildungsauftrages der Berliner Schule zum Ziel haben (§ 1 SchulG),
- der Innovation des Berliner Schulwesens dienen,
- den Schülern neben der Theorie auch mehr praktische Erfahrungen bringen,
- die Freude der Schüler an der Einrichtung Schule erhöhen und damit den Bildungsprozeß fördern, etwa durch
    * Freizeitangebote im Nachmittagsbereich,
    * Schulfeste,
    * Samstagsbereitschaften,
    * Wochenendaktivitäten,
    * pädagogische Urlaubsbegleitung,
    * Eltern- und Seniorenberatung,
    * private Lehrersprechzeiten,
    * Elternsprechtage beim Sonntagsbrunch
    * freiwillige Fortbildungsverpflichtungen,
    * Lehrerwettbewerbe vor sachkundiger Schüler- und Elternjury
    * freiwillige und kostenlose Nachhilfekurse und Repititorien,
    * Aufnahme von Haustieren in den Ferien,
    * Schulgartenarbeit und Ernteeinsätze.

Dabei wirken die schulischen Gremien (§14, §53 SchulVerfG) mit.

Die Einschränkung dieser Tätigkeiten führt zu einer pädagogischen Verarmung der Berliner Schule und geht überwiegend zu Lasten der uns anvertrauten Schüler. Es ist gegenwärtig zu beobachten, daß Schüler und besonders Eltern auch diese Tätigkeiten zu Pflichten des Lehrers erklären und einfordern.

Rasumowski, Schulrat

NEULICH, AM FKK-STRAND

Der Niedersächsische Kultusminister
Hannover, den 10.2.1990

An alle Gymnasien, Fachgymnasien,
Abendgymnasien, Kollega und Gesamtschulen im Bereich der
Bezirksregierung Braunschweig
Bezirksregierung Hannover
Bezirksregierung Lüneburg
Bezirksregierung Weser-Ems

Betr.: Pädagogisches Verhalten in FKK-Bereichen

Bezug: - Nieders. Diszipl.-Ordnung i.d.F. vom 7.9.1902
(Nds. GVB1, S. 357)
- Vorläufige Richtlinien zur Förderung von Kinderspielkreisen, RdErl. d. MK vom 4.12.1981
(Nds. MBl 1982, S. 40) i.d.F. vom 14.12.1982
(Nds. MBl 1983, S. 5)
- Sexualerziehung in den Schulen, RdErl. d. MK vom 9.9.1969 (SV Bl. S. 237)

1.1 Bei der zunehmenden Verbreitung von ganz oder partiell textilfreier Freizeitgestaltung mehren sich Situationen pädagogischer Relevanz.

1.2 Grundsätzlich wäre es vorzuziehen, daß verantwortungsbewußte Pädagoginnen und Pädagogen (im folgenden Lehrer) nicht in unbekleidetem Zustand mit Schülerinnen und Schülern (im folgenden Schüler) zusammentreffen. Wenn überhaupt, so darf ein Lehrkörper nur auf offiziellen FKK-Geländen und auf Grund offizieller FKK-Mitgliedschaft selber unbekleidet sein.

1.3 Die um sich greifende aggressive Nacktheit (ausgehend vor allem von Jugendlichen, die an normalen Freibadeplätzen, mit Vorliebe an Seen und Kiesteichen, völlig bedenken- und rücksichtslos nackt baden) zwingt zu Überlegungen, wie diese Situationen in Einklang mit der Schulgesetzgebung gemeistert und auch pädagogisch fruchtbar gemacht werden können.

2.1 Normalerweise sollte ein unbekleideter Lehrer herannahenden Schülern ausweichen, etwa, indem er sich hinter ein Gebüsch oder in eine Baumgruppe verbringt oder aber ins Wasser springt und sein Schwimmtraining beginnt.

2.2 Grundsätzlich gilt, daß ein Lehrer unbekleideten Schülern ausnahmslos nur ins Gesicht schauen darf.

2.3 In derartigen Situationen kommt einem ungezwungenen Grüßen ein besonderer Stellenwert zu. Der Lehrer sollte mit der linken Hand wie zufällig seine primären Geschlechtsteile bedecken und mit der rechten Hand dem Schüler leicht zuzwinken und dabei einen alterstypischen Gruß aussprechen, etwa „Hallo“.

2.4 Ein Gespräch zwischen Lehrer und Schüler in unbekleidetem Zustand ist dagegen zu vermeiden, weil die Dauer der unbekleideten Präsenz unter keinen Umständen verlängert werden sollte.

3.1 Der unterrichtlichen Auswertung einer Lehrer-Schüler-Begegnung in unbekleidetem Zustand kommt eine besondere Wichtigkeit zu.

3.1.1 Im Fach Biologie soll das lebendige Anschauungsmaterial ausgewertet werden.

3.1.2 Im Kunstunterricht bietet sich ein Einstieg in das Arbeitsfeld „Künstlerischer Akt" an.

3.1.3 In den alten Sprachen wird ein Hinweis auf die edle Nacktheit in der Antike angebracht sein.

3.1.4 Ob reifere Kolleginnen des Faches Deutsch eine derartige Begegnung zur Einführung ins Mittelhochdeutsche anhand der Walther-Elegie „Owê war sint varswunden alliu miniu jâr" nutzen wollen, bleibt individueller Entscheidung überlassen.

4. Z.Zt. wird von der Rechtsabteilung geprüft, inwieweit hier außerunterrichtliche Vorgänge in Konkurrenz zur unterrichtlichen Tätigkeit treten und somit das Gesetz über Nebentätigkeiten berührt wird. (RdErl. des EZ vom 28.11.1986 - 104-03012 (32) -GültL 20/70). Eine genaue Regelung wird in Kürze nachgereicht.

5. Ich weise ausdrücklich darauf hin, daß an besonders sonnigen Tagen und in der Nähe von gänzlich schattenlosen Uferzonen (z.B. Stränden von Kiesteichen) die Vorschriften MS vom 14.12.1981, SVBl 1982, S. 46) genau zu befolgen sind.

6. Im Niedersächsischen Kultusministerium ist jetzt RD Dr. Karl Kladenberg zum Beauftragten für FKK-Pädagogik bestellt worden, und ich empfehle, sich in allen diesbezüglichen Fragen mit ihm in Verbindung zu setzen.

i.A. Schultze-Klapperbein

ABER MICH FRAGT JA NIEMAND

ABER MICH FRAGT JA NIEMAND

Früge einer, teilte ich unverzüglich mit, daß ich, wäre ich erst einmal Kultusminister, die nichtsnutzigen Winterferien streichen, Oster- wie Herbstferien auf je drei Wochen ausdehnen und die Sommerpause auf fünf Wochen begrenzen würde. Das wäre schon mal etwas! Ferner führte ich flink ein der österreichischen Praxis verwandtes System des abgestuften Stundendeputats ein: Klaßleiterinnen der Primarstufe, die ja bekanntlich die Last der Welt tragen, gäben 20 Pflichtstunden, die übrigen 23; Kollegen an höheren Lehranstalten mit zwei Korrekturfächern und Abitur hätten 15, mit einem und Abitur 17, mit zweien ohne Abitur 19, mit nur einem 21, die übrigen 23 Stunden - das wäre eine Gerechtigkeit! Und Abminderung von einer Stunde für welkende Dienstkräfte gäb's ab 50, danach in beschleunigtem Tempo mit 54, 57, 59; mit 60 entließe ich sie in Ehren. Kein Lehrer über 60, keine Schule über 600, keine Klasse über 20! Auch richtete ich an der Côte d'Azur spezielle Ruhe-Residenzen für verdiente Schul-Veteranen ein, die dann gemeinsam den Boulevard des Professeurs Emérités unsicher machen könnten. Und geschwind schüfe ich das Berliner Landesschulamt ab. Das alles und noch viel mehr... Aber mich fragt ja niemand.

HAUPTLEHRER WOLFF

Er schwitzt und lacht. „Morgen, meine Kleene." Es gibt Tage, da möchte er alles hinschmeißen. Am liebsten mag er Chili con Carne. Gern erzählt er Witze. Zweimal schon war er Vertrauenslehrer. „Sitz richtich!" ruft er mit prima Baßstimme. Sein Gürtel sitzt im letzten Loch. Mit größeren Schülern boxt er schon mal herum. Privat bevorzugt er moderne Lyrik. Arbeitslehre gibt er lieber als Deutsch. „Ein Mann der Praxis!" sagt der Schulrat. „Streng, aber echt prima Kumpel", sagt Sandra (14). Die Kollegen sind ihm zu lasch. „Wolff 4 president" steht an der Knabentoilette. Er ist geschieden. Schwierige Schüler läßt er schon mal den Schulgarten umgraben. Mit seinem Sohn fährt er im Sommer auf die Lofoten. Er hat alles im Griff. Voriges Jahr war er zur Kur. Bandscheiben. Am liebsten trinkt er Pilsner. Die Haare trägt er kurz. „Rechtschreibung is doch keene heilje Kuh!" sagt er. Gewerkschaft lehnt er ab. Früher begann der Tag mit einer Losung: Im Frühtau zu Berge. „Nicht Hesse", meint er, „lies die Fahrpläne und die Börsenberichte." Keine Politik, lieber Eishockey. Er trägt Jeans und karierte Hemden. Er träumt schlecht. Er ist wer. Er liebt klare Verhältnisse. Sein Lieblingswort ist Katastrophe. „Bis moin, Jungs!" Er schwitzt und lacht.

WIE ULRICH DEN VORFELDER MEIER EINMAL FURCHTBAR HEREINLEGTE

Herbst war mählich ins Ländle gesunken, prall stund die Rebe, froh der Landmann, als das liebe Gymnasium zu Schorndorf zu ungewohnt hektischer Betriebsamkeit erwachte. Schulrevision ward angekündigt, ja, der gestrenge Herr Kultus höchstselbst, so hörte man, wollte sich zur fälligen Überprüfung in die Anstalt verfügen und dabei just mit dem Kollegen beginnen, der noch nicht lange aus der großen Stadt Berlin nach Schorndorf gezogen war und seitdem besonders von den Alteingesessenen im Kollegium ein wenig mißtrauisch, wenngleich respektvoll beäugt worden war.

Nun also galt's dem Ulrich. Dreitagebärtig, orangefarbene Latzhose, spöttisches Lächeln und dabei psychomental sowas von präsent, empfing er den Gewaltigen bereits vor dem großen Schulportal und verwickelte diesen, der mit altdeutschem Liedgut zum Auswendiglernen und Absingen wohlversehen und gewillt war, dies vom zu examinierenden Kollegen sogleich vorführen zu lassen, zum nicht geringen Erstaunen des devot herbeidienernden Rektors in ein Fachgespräch über die optimale Aufstellung des VFB beim nächsten Auswärtsspiel.

Immel, so hub Ulrich an, dem schon mit gewohnter Rasanz dem Treppenabsatz zustrebenden Minister von links in die Parade fahrend, Immel gehöre gehörig - pardon der sprachlichen Ungehörigkeit! - auf den Pimmel, damit er nicht wieder wie gegen die Borussia wie ein desperates Suppenhuhn im Strafraum umherirre. Vorfelder Meier horchte auf, während Ulrich, sicher, den Zentralnerv seines obersten Dienstherrn getroffen zu haben, unbeirrt fortfuhr. Schröder, tja Schröder, merkte er fast beiläufig an, der sei ja nun der absolute Patzer, völlig daneben, mental überfordert, Schulden, Ehekrise, man wisse da ja längst Bescheid. Und letztlich Klinsmann*, dieser flache Strahlemann, der gehöre wohl endgültig, wenn überhaupt, ins defensive Mittelfeld, denn ein Spieler, der weder das Tor treffe noch die drei Strophen der Nationalhymne flüssig und fehlerfrei hersagen könne - hier zuckte das rechte Lid des Ministers kurz auf, und Ulrich wußte: Jetzt ist er hin! - ein solcher Spieler habe wohl in der Sturmspitze nichts verloren.

Das sei ja hochinteressant, ließ sich Vorfelder Meier da vernehmen, und Ulrich, dergestalt ermuntert, verfiel in eine fast dozierende, dem Anlaß dieser Schulrevision gänzlich zuwiderlaufende lässig-dreiste Attitüde und setzte, nun des ministeriellen Gehörs gewiß, noch einen drauf. An Klinsmanns Stelle, aber wirklich, sollte der vom FC Dettingen für eine geradezu lächerliche Ablöse frisch in den VFB-Dress geschlüpfte und vom Trainer bislang völlig verkannte, ja geradezu sträflich ignorierte Riedel Heinz treten. Vorfelder Meier deutete ein Nicken an, hielt inne, zog das energische Kinn gekonnt in die Länge und das gefürchtete schweinslederne Notizbuch aus der Tasche, straffte sich, raunzte seinen blöd dreinglotzenden Referenten an, warum er eigentlich nie auf solche Ideen käme, da müßte man wohl erst nach Schorndorf fahren, oder was. Und mit einem schneidigen „Ausgezeichnet der Mann, wirklich ausgezeichnet!“ verfügte sich der Gestrenge, nun deutlich milder gestimmt, zügig ins Rektoratszimmer, diktierte eine knappe dienstliche Beurteilung und verließ, nach einem ebenso kurzen wie heftigen Telefongespräch mit dem VFB-Trainer, vorzeitig das Schorndorfer Gymnasium.

* tempora mutantur: „Jurgen - stay on!“ (Evening Post vom 29. August 1994) Klinsmann - der neue Fahnenträger der Bayern (Tagesspiegel vom 7. März 1996)

WENN WUTZ WÜSSTE

Einladung, J.P.F. Richter wiederzulesen

Nicht jeder kann so ein vergnügtes Schulmeisterlein sein. Aber in schwierigen Zeiten ist er ein prima Palliativ, ein richtiges Antidepressivum. Diese Heiterkeit, diese Leichtigkeit in engen, kargen Lebensverhältnissen! Wenn Wutz wüßte, wie desperat, wie sonntagabend uns im Lehrstand gelegentlich zumute ist, er riefe uns zu:

Aber wir wollen einander und unsere Geschäfte nicht so ernsthaft machen! Seht nur durch die geschlossenen Augen die Sommersonne, wie sie eure vertrocknete Seele erhebt und fortträgt in das weite blaue Lichtmeer draußen! Seht doch, wie pathetisch die Natur ist und wie lächerlich die Ordnungen der Welt in ihr erscheinen... Und so fort.

Wäre dann alles wieder in der schönsten prästabilierten Harmonie, so riebe er die Hände, risse die Achseln über die Ohren hinauf, schüttelte sich fast den Kopf herab und verfiele in ungemeines Lachen.

UNORDNUNG UND SPÄTES ELEND

Jetzt habe ich meinen Schreibtisch genauer angeschaut und eingesehen, daß auf ihm nichts Gutes gemacht werden kann. Es liegt hier so vieles herum und bildet eine Unordnung ohne Gleichmäßigkeit und ohne jede Verträglichkeit der untergeordneten Dinge, die sonst jede Unordnung erträglich macht. Diesmal ist es aber gar zu arg. Handschriftliche Entwürfe für ein Gutachten, Verlagsbroschüren, Zeitungsausrisse, ein unfertiger Grammatiktest, Kontoauszüge, Kafkas Tagebücher, alte Merkzettel, zum Teil zerrissen, Staub, ein leeres Glas; *dieser unwürdige Zustand verdirbt alles.* Ein Briefbeschwerer aus Messing, ein alter Radiergummi, Notenlisten, eine Telefonnummer. *Elend, elend und doch gut gemeint.* Es ist ja Mitternacht, und ich habe nichts korrigiert, nichts präpariert.

FREISTUNDE

Für Robert Walser

An einem dieser Frühsommertage, an denen die Luft nach Erde schmeckt und die Welt wieder weiter wird, saß ich während einer Freistunde gegen Mittag auf der Wiese am Rande eines kleinen Sees, aus dessen Mitte eine kreisrunde Insel mit zwei hochaufragenden Pappeln sich erhebt, und durch das hohe Gras strich der Wind. In meinem Kopf war eine ungemeine Leere, zu der nichts passen wollte, so sehr ich es auch herbeiwünschte. Der Vormittag war lang und erschöpfend gewesen, die Schüler hatten sich als roh, laut und verstockt erwiesen, ein Stapel Aufsätze harrte noch der Korrektur und Bewertung. So legte ich mich denn träge auf den Rücken, blinzelte in die Sonne, schloß die Augen und imaginierte mir ein hübsches Gesicht herbei, dessen dunkle Augen unter blonden Locken mich unverwandt, warm und liebenswürdig anschauten, bis es sich niederbeugte und lächelnd also zu sprechen anhob: „Was bist Du doch für ein liederlicher, nichtsnutziger und Deines Berufsstandes gar unwürdiger Mensch, daß Du hier faul und pflichtvergessen herumliegst! Du hast Vertretung in der 7a!“ Und statt in ihre dunklen, sanften Augen sah ich jetzt in die stechenden, aktengrauen des Schulrats, der, meine Personalakte, in die er notiert hatte, schließend, mit meckerndem Lachen sich abwandte, und, da ich die Augen heftig aufriß, alsbald verschwunden war. Verwirrt richtete ich mich auf, es war ja Zeit, an die Arbeit zurückzukehren, was ich, soweit ich mich erinnere, ungern tat. *Doch in der Welt hat alles, was das Gemüt bezaubert und die Seele beglückt, seine Grenze, wie ja auch, was uns Angst und Unbehagen einflößt, glücklicherweise begrenzt ist.* So erhob ich mich denn, schritt gemessen hinüber zur Lehranstalt, um die jungen Menschen der 11.2 in der Kunst der freien Rede zu unterweisen.

SANFTER SCHRECKEN

Szenen einer Konferenz

Schon möglich, daß die Idiotie des Daseins alles rechtfertigt. Ich jedenfalls habe im Februar 1992 an einer Gesamtkonferenz teilgenommen, eher zufällig, ein wenig unbedacht, neugierig zwar, aber, wie ich hinzufüge, völlig freiwillig.

Befreit vom Ballast der Anwesenheitspflicht, des Aufmerksamkeitsgebots und des Diskutierzwangs offenbart sich mir der komplette Unfug einer solchen Veranstaltung. Dabei bin ich keinesfalls ein notorischer Konferenz-Allergiker; die gut vorbereiteten, kontrovers geführten, ergebnisorientierten und in der Regel ebenso produktiven wie unterhaltsamen Sitzungen in meinem Institut - ich arbeite nach Jahren der Irrfahrt durch diverse bairische Schulen jetzt im Passauer Institut für Psychomental-Hygiene im Bildungswesen und bin auf Einladung eines Freundes in Berlin - gehören bis heute zu den positiven Grunderfahrungen meines Berufs .

Unordnung, frühes Leid, Irritation und Hirnschwurbel beginnen schon lange vor dem Anfang. In einer Art Mehrzweck-Großraum, durchzogen von abgestandenem Essens-Brodem, verharrt das Schulleitertrio mürbe lächelnd bis leicht gelähmt vor einer im Halbrund ungeniert schwätzenden, amöbenhaft wuselnden Kolonie von Lehrern, die sich viel und viel Lustiges zu sagen haben und sich weder um die Wartehaltung ihres Direktoriums noch um die bereits deutlich fortgeschrittene Zeit ernstlich scheren: Unruhig und dreist ramentern sie herum und signalisieren mir überdeutlich, daß hier eine gänzlich überflüssige Veranstaltung zu erwarten sei, der beizuwohnen lästige Dienstpflicht und eine einzige rituelle Zumutung ist.

Noch bevor Dämmer in meinem Hirn und Schwarzzähiges in meinem Gemüt sich ausbreiten, erinnere ich mich der schwer erträglichen Leichtigkeit, mit der das aktuelle Reizthema *Eine Stunde Mehrarbeit im kommenden Schuljahr* flink auf Punkt 0 der Tagesordnung gehievt wird, über das sogleich wichtigwedelnd, schwerbetroffen und gedankenlos dahergefaselt wird: vom Klassenfahrtboykott, der eh nicht eingehalten wird, über die Abschaffung von Quartalsnoten (welch abwegige Erfindung!) bis hin zur Streichung des 2. Elternsprechtages - den Herrn Senator wirds ob solch geballter Kühnheit schwer schaudern!

Beim TOP 1 *Schulsozialarbeit* wird dann endgültig alles klargemacht. Zwar hatte mein Freund mich wortreich vorzuwarnen versucht, daß diese Schule sich mehr als Sozialstation denn als Lehr- und Lernanstalt verstünde, weil, weil und weil..., mir die folgenden Begründungen jedoch so wenig einleuchten wollten, daß ich sie prompt vergaß.

So versteigt sich eine weibliche Lehrkraft vom progressiv-betroffenen Typ nach spitzen Mängelrügen in Richtung der schulischen Sozialpädagogen zu der wahrhaft fulminanten Hypothese, alle Übel der Schule seien letztlich auf Kommunikationsprobleme zurückzuführen, das Grundübel - in diesem Punkt sind meine Aufzeichnungen unmißverständlich - die *gestörten Beziehungskisten* aller Beteiligten.

Anstatt nun machtvoll und zornig dreinzufahren und dem unwürdigen, geist- und schamfernen Gequalle ein vorzeitiges Ende zu bereiten, läßt es der Versammlungsleiter geschehen, daß das nachfolgende Gefasel - ich verzeichne hier *ach ich denke mal*, *irgendwie eigentlich* oder *also echt betroffen*, aber keinen einzigen soliden Gedanken - ins Bodenlose absinkt, erfreulicherweise aber so breit ausufert, daß der Folgepunkt *Schulordnung*, für den noch weit Schlimmeres zu befürchten gewesen wäre, verschoben werden muß.

Der Stromausfall kurz vor Ende der Veranstaltung kann den zweistündigen Hirnausfall auch nicht mehr wettmachen...

DAMALS, IM HAUPTSEMINAR

6. Unpraktisches Seminar
im Bezirk Spandow (S)

Entwurf für eine Seminarsitzung

Name: Heinz Riedel
Fach: Medienpädagogik
Zeit: 30. Februar 1978

1. Thema: Die mediendidaktische Hierarchisierungspädagogik im Lichte der neueren Operationalisierungstaxonomie unter besonderer Berücksichtigung des ÜKL (Über-Kopf-Lichtbildwerfer)

2. Unterrichtsziele

2.1. Grobziel: Die Referendare bleiben während der ganzen Sitzung wach.

2.2. Feinziele:

2.2.1.: Die Referendare hören zu, indem sie zuhören.

2.2.2.: Die Referendare sehen zu, indem sie zusehen, was es zu sehen gibt.

2.2.3.: Die Referendare denken mit; sie zeigen dies durch ihren Gesichtsausdruck.

2.2.4.: Die Referendare nehmen Stellung, wobei sie Fragestellungen zurückstellen.

Instrumentelles Feinziel:

2.2.5.: Die Referendare beherrschen die Kunst der Vortragsredundanz.

Affektives Feinziel:

2.2.6.: Unmutsgefühle, die durch Erinnerung an inhaltlich orientierte universitäre Seminararbeit hervorgerufen werden könnten, oder gar spontane Wutausbrüche werden im Keim erstickt.

2.3.: Filigranziele:

Zu 2.2.1.:

2.3.1.: 1. Stunde: Die Ref. lauschen ergriffen.

2.3.2.: 2. Stunde: Die Ref. plauschen verkniffen.

2.3.3.: 3. Stunde: Die Ref. mauscheln und kiffen.

Zu 2.2.2.:

2.3.4.: Die Ref. akzeptieren die projektierten Folien.

2.3.5.: Die Ref. transkribieren die projezierten Folien.

2.3.6.: Die Ref. internalisieren die profilierten Folien.

Zu 2.2.3.:

2.3.7.: Die Ref. versuchen, den Sinn der Sprechakte des Vortragenden zu ergründen.

2.3.8.: Die Ref. übersetzen das Gemeinte aus dem Seminardeutsch ins Gemeindeutsche.

2.3.9.: Unter Vermeidung der „Ach so"-Reaktion bestätigen die Ref. die Plausibilität des Vortragenden.

Zu 2.2.4.:

2.3.10.: Die Ref. repetieren die Meinung des Vortragenden.

2.3.11.: Die Ref. paraphrasieren die Meinung des Vorsitzenden.

2.3.12.: Die Ref. applaudieren der Meinung des Vorgesetzten.

3. Unterrichtsvoraussetzungen

3.1.: allgemeine

Die sozio-kulturellen Voraussetzungen sind als günstig zu bezeichnen: Die Referendargruppe beherrscht die drei grundlegenden Kulturtechniken lesen, schreiben und Folien zeichnen.

3.2.: spezielle

Es darf davon ausgegangen werden, daß nur an die wesentlichen Ergebnisse der letzten Stunde angeknüpft werden kann. Insofern hat die heutige Sitzung den Charakter eins völligen Neubeginns.

4. Didaktische Begründung für Thema, Ziel und Methode unter den genannten Voraussetzungen

Die Totalität der Planung spricht für sich. Sie gewährleistet die reibungslose Koordinierung und Kanalisierung auch der letzten unüberlegten Rezipientenäußerung und ihre lückenlose Integration in die auf alles vorbereitete, durch nichts zu überraschende und durch keine Spontanitätsrudimente außer Kraft zu setzende Lernzielerfüllungspädagogik im Zeitalter des Operationalisierungsfetischismus.

Eingeplante Alternativen: Vgl. Titel Nr. 1 -11 der einschlägigen Literaturlisten.

5. Medien

Luft, Sprache, Folien, Über-Kopf-Lichtbildwerfer (ÜKL)

6. Geplanter Unterrichtsverlauf

Phase	Tätigkeit des Vortragenden	Tätigkeit der Ref.	Didakt. Funktion	Medien	Zeit
6.1	Sagt: „Ich begrüße Sie zu unserer heutigen Sitzung" und gibt die Stundenziele bekannt.	schreiben mit	Konditionieren	Luft Sprache	8 Min. 17 Sek.
6.2	Legt Folie 1 auf (vgl. Anhang) u. interpretiert sie	schreiben ab	Motivieren	Luft Sprache ÜKL Folien	42 Min. 9 Sek.

6.3	Legt Folie 2 auf (vgl. Anhang) und erklärt deren Bedeutung	zeichnen ab	Enthusiasmieren	wie 6.2	55 Min. 13 Sek.
6.4	Legt Folie 3 auf (vgl. Anhang) und verweist auf ihre Schlüsselfunktion für das Verständnis von Folie 1 und 2	malen mit Buntstiften aus	Ekstasieren	wie 6.3	74 Min. 21 Sek.

Anhang: Folienbilder

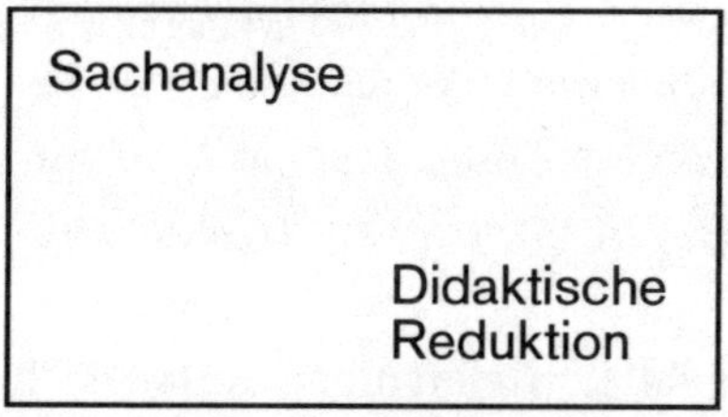

Folie 1

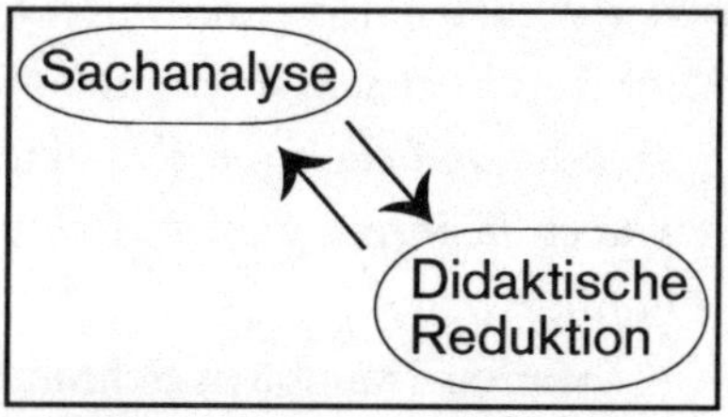

Folie 2

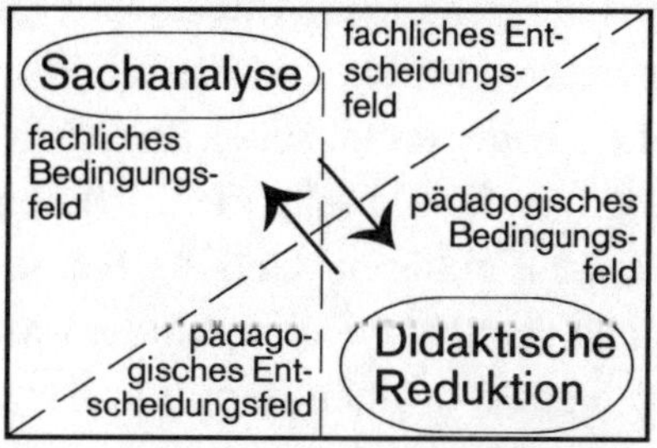

Folie 3

7. Hausaufgaben: Berichten Sie aus der Praxis des Folienzeichnens!

8. Weitere Planung: Lernzielkontrolle durch informelle Tests mit Behandlung von Schillers Irrtum über die Erziehung des Menschen.

BEI SCHRAMBERGERS IST NOCH LICHT

Nu mach schon die Glotze aus, Erwin. Ich lüfte nochmal, du bringst die Flaschen raus, dann is hier Ende. Du, die Kleene ausm 4. Stock wird gerade mit som Moped nach Hause gebracht. Reichlich spät, findste nich? Und bei Schrambergers is immer noch Licht. Na ja, auch Lehrer haben Hausaufgaben, nich nur ihre Schüler. Und nich zu knapp. Neulich, bei Reichelt, hat mir doch die Frau Ziege aus Nr. 19 erzählt, irgendso'n Politiker hätte gesagt, Lehrer sind faule Säcke. Die hat sich gar nicht mehr eingekriegt. Endlich mal einer, der sacht, wies is: Mittags zu Hause, andauernd inne Ferien, Tennis, Surfen und die ganze Pensionsberechtigung. Da hat ich ihr aber Contra gegeben. Überall gibt's sone und solche, hab ich gesacht. Aber die Schrambergers drüben, das sind solche - nix mit faule Säcke. Auf die laß ick nix kommen. Kannste direkt sehen: Er sitzt immer noch am Computer, seit der Tagesschau, und sie is am Korrigieren oder am Lesen, jedenfalls so mittenmang in ihrem ganzen Lehrerkram. Die Ärmste, sollte mal langsam hinmachen...

Marion Trautmann-Schramberger, 44, korrigiert nicht. Sie hat nach der Hälfte der Englischaufsätze entnervt aufgegeben. Diese Fehler! Dann kriegt die 6b sie eben morgen nicht zurück. Der Chardonnay ist schon wieder alle. Marion liest auch nicht. Sie telefoniert sei einer Stunde mit Jan, dem netten Kollegen, der ihr im neuen Schuljahr gleich aufgefallen war (oder sie ihm?): männlich, direkt, ziemlich klug, witzig, einfühlsam. Vor allem: Er kann zuhören. Und sie hat so viel zu erzählen. Helmuth hört schon lange nicht mehr zu, seitdem sie vor Jahren verabredet hatten, über den gemeinsamen Beruf nur das Notwendigste auszutauschen. Helmuth sitzt lieber allabendlich vor seinen Geräten, faselt was von interaktiven Lernprogrammen, medienpädagogischem Neuland und Unterricht per Internet. Jan ist da ganz anders: hat Zeit, macht keinen Streß, kommt bei den Schülern offenbar gut an, bei den Schülerinnen sowieso. Und zuhören kann er. „Ach, du glaubst ja nicht, was ich morgen für einen Tag habe - der ganz normale Wahnsinn. Fünf Stunden am Stück, wenn mir der Schröder noch eine Vertretung reinwürgt, sind's sechs, danach Förderausschuß Silvia und Dominik, na, die aus der 4d, Rezept für Opa abholen, Einkaufen, Friederike zum Kieferorthopäden, am Samstag ist die heilige Großfamilie dran. Und wann bitte soll ich die Korrekturen fertigkriegen? Nächste Woche ist Elternabend, Gisela wird 50, und die blöden Projekttage sollten schon bis gestern geplant sein... Aber was jammere ich Dir die Ohren voll, es ist halb zwölf, und ich stehle Dir Deine Nachtruhe, doch, doch..." Über den Englischheften der 6b liegen die neuesten Brigitte-Rezepte „Leichte italienische Küche", am Wochende sind Helmuths Eltern zu Besuch, der könnte sich ja auch mal wieder um seine Alten kümmern...

Siehste, Erwin, jetzt hatse das Licht ausgemacht. Den ganzen Abend gearbeitet, wo andere nur fernsehen. Morgen früh musse wieder fit sein, 28 Kinder ist ja auch kein Zuckerschlecken, wo die meisten Eltern noch nicht mal mit ihren eigenen zwei Blagen fertig werden. Da möchte keiner mit ihr tauschen. Wer will denn heute schon Lehrer werden? Na siehste. Aber immer rummäkeln, wa? Bei ihm flimmerts übrigens immer noch. Der Schramberger soll ja so ein richtiges Computer-As sein. Aber die vielen Zigaretten! Alles blau, und der lüftet nie. Kommt bestimmt vom Streß. Dein Neffe, der Thorsten, sitzt doch auch immer vorm Computer. Nee, nee, Erwin, der soll man bloß keen Lehrer werden...

Helmuth Schramberger, 49, sitzt tatsächlich am Computer. Unberührt liegen die Mathe-Leistungskurs-Klausuren daneben - seit drei Wochen. Er soll morgen auf der Dienstbesprechung über neue Unterrichtssoftware und über interaktive Computerspiele für Jugendliche mit pornographischer oder gewaltverherrlichender Tendenz referieren. Gerade bei letzteren hat er sich ungebührlich lange aufgehalten, den Bericht darüber kaum angefangen, allenfalls Notizen gemacht. Vom Glennfiddich ist nur noch ein trauriger Rest in der Flasche. Zigarettenrauchumwölkt, mit roten Augen und mürbem Schädel hängt er schon seit einer Stunde im Internet herum, hat irgendwann mit einem Kollegen aus Los Angeles Daten ausgetauscht und ist nun schon zum dritten Mal abgestürzt. Programmfehler oder Konfigurationsproblem - Helmuth flucht still vor sich hin. Ein neues Gerät muß her, aufrüsten bringts nicht mehr, peinlich, nicht auf dem neusten Stand zu sein, der Kollege Lüdenscheid lächert sich schon, will wohl gleich Informatik-Fachleiter werden, na bitteschön, ein neuer PC müßte dringend sein - aber da ist mit Marion wohl nichts zu machen, erst ist die neue Küche dran, und dann wohl ihr Auto... ob sie schon schläft, dann könnte er ja noch schnell mit Werner telefonieren, wegen der Modem-Anpassung...

So, jetzt ist da drüben Schluß. Geht ja schon auf Mitternacht. Aber der Ziege, der alten, der steck ichs demnächst, faule Lehrer und so, von wegen. Nicht die Schrambergers. Schnarchste schon, Erwin? Die bestimmt nicht...

UNTER KOLLEGINNEN

Frauen kleckern anders

„Leider ist mir Elmar im Haushalt nicht die große Hilfe, für die er sich hält." Juliane seufzte hörbar und plazierte einen Rest Nußtörtchen zielsicher zwischen ihre vorwurfsvoll aufgeschürzten Lippen. „Rührend, wie er sich bemüht, mir Arbeit abzunehmen, mir in allem zur Hand zu gehen, mir hilfreich und dienstfertig zu sein, wie er sich gelegentlich hochtrabend ausdrückt; aber sein Übereifer, sein Ungeschick und seine Mimosenhaftigkeit, wenns mal wieder schiefgeht, machen alles nur noch ärger."

Esther blickte sie belustigt an. „Sei doch froh, daß du so einen hast. Gute Anlagen. Kannst ihn doch behutsam abrichten, bis er dir konveniert. Tausendmal besser jedenfalls als mein Gregor, dieses Faultier, der sich nach dem ersten angeschlagenen Weinglas - übrigens ein Erbstück von Tante Elisabeth - elegant aus dem Haushalt verabschiedete. Spatzi, du siehst doch, ich mach alles falsch, ist doch besser, wenn du... und so fort, na, du weißt schon."

„Von wegen", protestierte Juliane lebhaft, mit leichtem Druck ihres tiefrot lackierten Zeigefingers Krümel von der Tischdecke aufnehmend. „Völlig korrekt, dein Gregor, solange er nichts Küchenmäßiges tut, kann er auch kein Unheil anrichten. Und zum Korkenziehen, Serviettenfalten, Kerzenanzünden und Schubertauflegen wirds ja wohl noch reichen. Wäre mir viel sympathischer als diese lächerliche Tour vom Einbringen, vom männlichen Selbstbeweis, auch für die niederen Frauentätigkeiten im Haushalt zu taugen, womöglich noch besser zu sein!" Sie mußte plötzlich lachen, was ihre nasolabiale Gramfalte ins Heitere verzauberte. „ Stell dir vor, letzten Samstag hatten wir unsere Nachbarn zum Abendessen, ältere Herrschaften, die sich zu Zeiten unserer Abwesenheit ein wenig um Jalousien, Pflanzen, Alarmanlage ätzettera kümmern. Mir unverständlich, mit welchem Nachdruck Elmar darauf bestand, den Hauptgang des Menus - Lammfilets in Blätterteig, ein tolles Brigitte-Rezept, du! - völlig in Eigenregie zu gestalten. Großspurig wuselte er Stunden vorher in der Küche herum, machte auf Überraschung, aber es wurde natürlich ein grandioser Reinfall: der Blätterteig hart und trocken, das Lammfilet überwürzt, Soße zu wenig, das Ganze lauwarm auf den Tisch gebracht. Wie die Küche aussah, kannst du dir selbst ausmalen. Und dann dieser Vorwurfs-Dackelblick, als wäre ich an dem ganzen Desaster schuld gewesen! Unsere Nachbarn, von gußeiserner Höflichkeit, spendeten sogar Lob und Trost, was alles nur noch schlimmer machte. Weder der Hauptgang noch Elmar waren genießbar, der Abend verschissen, die Nacht und drei Tage in Folge der reine Schuld-und-Sühne-Terror, aber volles Orchester. Nein danke, meine Liebe, nevermore!"

Esther, zunächst höchst amüsiert, verfiel alsbald ins Grübeln, was sie durch skeptisches Schweigen und Kinn-in-die-Hand-Pose anzuzeigen pflegte. „Spatzi", hatte ihr Gregor neulich in koketter Bescheidenheit mitgeteilt, „Spatzi, du weißt doch genau, daß ich nicht als Hausmann geboren bin", und dann sein völliges Unverständnis, als sie mit der wenig originellen Retourkutsche: Aber ich natürlich als Hausfrau! gekontert hatte. „Soll ich dich nun beneiden oder bedauern?" fuhr sie fort, „Manchmal habe ich das unbestimmte Gefühl, wir sollten von unseren Herren nicht ständig Dinge erwarten, die sie einfach nicht hinkriegen, vielleicht weil sie sich zu blöd anstellen oder nur so tun als ob, weil sie unwillig, unbegabt, ungeschickt, unsensibel, verstockt ach was weiß ich sind! Vielleicht sollten wir sie für diese Dinge einfach nicht in Anspruch nehmen und uns lieber da bedienen, wo sie auch wirklich was taugen, in Keller und Garten, in Gesellschaft, gelegentlich im Bette..."

„Moment mal!" Heftig intervenierte da Juliane, zerquetschte ihren Zigarillo im Aschenbecher und setzte sich innerlich in Positur. „Genau das wollen diese Kerle doch bloß, genau das bestätigt doch die alte, für sie so bequeme Rollenverteilung, legitimiert sie in ihrer tristen Unfähigkeit zur partnerschaftlichen Gleichberechtigung! Wenn du so denkst, hst du schon verloren. Alles bleibt wie es ist, und du hast den ganzen

Krempel am Hals: Schule, Kinder, Haushalt und obendrein noch den Gatten. Nee du, aber echt nich! Wer nicht den Feudel schwingt oder den Abwasch macht, taugt nichts und fliegt raus!“

„Ach ja? Und was bringt dir das außer Dauerfrust und doppelter Arbeit? Das tu ich mir nicht mehr an. Dann lieber so, wie ich es will. Keine schiefen Kompromisse, lieber klare Verhältnisse, klare Arbeitsteilung, nicht zwanghaft alles zusammenmachen oder teilen müssen, jedem das seine.“

Jaja: Er raucht, du lüftest. Er filmt, du feudelst. Juliane verkniff sich diese kleine Anmerkung. Ihr „Ach was!“ hätte nach überzeugtem Einspruch klingen sollen, geriet aber durch einen ungewollt fragend-elegischen Tonfall zu einer wenn auch skeptischen Zustimmung, und ihr Augenaufschlag signalisierte der Freundin eindringlich: Du, ich weiß ja auch nicht so recht!

Vorerst schwiegen beide ein wenig, halb belustigt, halb ratlos. Gedankenverloren starrte Juliane auf mehrere wie absichtslos auf der kleinen Spitzendecke vergessene Krümel ihres Nußtörtchens und wurde eines häßlichen Kaffeeflecks gewahr. War der etwa von ihr? Oder doch schon älteren Datums? Esther, weniger selbstverloren, verfolgte amüsiert und einverständig ihren Blick.

„Weißt du“, nahm sie den Faden leicht wieder auf, „was mich an Gregor so besonders nervt? Nicht seine oberlehrerhaften Rechtfertigungstiraden, warum er nix im Haushalt macht, nee, was ganz Popliges: sein Krümelzwang, sein zwangsneurotisches Gekrümel, seine männertypische Krümelei. Du faßt es nicht! Früher hielt ich es ja für pure Nachlässigkeit, aber wenn ich genauer hinsehe, wie nonchalant er sein Baguette zerbröselt, dabei Serviette, Tischdecke und den Eßplatz weiträumig verkrümelt, dann tut er das mit einer dreisten Selbstverständlichkeit, als sei er der natural born crumbler.“ Erheitert von ihrem Wortspiel setzte sie nach: „Aber wenns ans Beseitigen und Verbringen der selbstproduzierten Überreste geht, dann reißt er seine unschuldigen Braunaugen auf, wirft Dackelblicke, seufzt gepeinigt, macht auf hilflos, zu Unrecht gescholten und würde am liebsten sein Haupt im Mutterschoße bergen, um gestreichelt, getröstet, aufgeheitert und schuldlos gesprochen zu werden. Ist das nicht gräßlich?"

„Ist es!" Juliane nickte heftig. „Aber noch gräßlicher", sie preßte Triumph und Ekel in ihren Gesichtausdruck, „ist Elmars Fleckeritis. Er schmiert, schmaddert, kleckert, sudelt, tropft und saut herum - er befleckt einfach alles: Hand- und Tischtücher, Sets und Servietten, Hemd und Hose, eigene wie fremde. Ich habs aufgegeben. Bitten, Appelle, Drohungen, Schreikrämpfe. Es ist nichts zu machen."

Sie lächelte gequält. Steiler noch wurde ihre Stirnfalte über der Nasenwurzel. War der häßliche Kaffeefleck auf dem Spitzendeckchen nicht doch von ihr? Ach was. Frauen, befand sie mit Entschiedenheit, kleckern nicht, und wenn doch, irgendwie anders. Ihr Lächeln entspannte sich. Esther sah auf die Uhr. „Was, schon halbdrei? Mist! Und ich muß noch zur Englisch-Fachkonferenz!" Heftig winkte sie dem Kellner, während Juliane dezent, fast heiter den Fleck auf der Spitzendecke mit ihrer Kaffeetasse bedeckte.

BETRIEBSAUSFLUG

Kreis oder Welse?

Schon früh an diesem frischen Junimorgen: Fragen über Fragen. *Staff-Picknick oder Betriebsausflug? Gutes Wetter oder schlechtes? Kollegiumsfahrt oder Studientag für Lehrer? Amt oder Würde? Bus A, B oder gar C? Gulasch oder Erbsensuppe? Bier oder Wein?*

Nach Felchow! Nach Felchow! 350-Seelen-Dorf im Kreis Oder-Welse, zwischen Angermünde und Schwedt im nordöstlichen Brandenburg gelegen. Gewandert werden soll in drei Gruppen. Zunächst der Route C zugeneigt, lasse ich mich von meinem Lieblingslehrer Lutz rasch überreden, der Kürze und Schönheit von Route A (von Schöneberg auf Felchow zu) und der dringenden Notwendigkeit des Gedankenaustauschs wegen dem auf dem zweiten Startplatz rangierten Bus A den Vorzug zu geben - korrekte Entscheidung, wie sich bald herausstellt. Denn als es endlich mit halbstündigem Verzug losgeht - Kollege Gerd hat gerade beim Reiseleiter nicht nur *Kaiser*wetter, sondern auch 15 Mark 10 Rückgeld wegen der ungebührlich verspäteten Abfahrt eingefordert - stehen schon neue Fragen im Raum: *Sekt oder Selters? Schlummern oder Schwatzen? Taz oder Tagesspiegel?* Entscheidungsfreudig zeigt sich allein unser Oberreiseleiter - Alle Macht geht heut vom *Volker* aus - der gekonnt eine gut gekühlte Mumm entkorkt, worauf rundumm Freude aufkummt; bei den Damen meldet sich bereits ein erstes Hüngerchen. Unser aller Graue Eminenz, Meister der schönen Künste und des Doppellutz, Träger des Bettina-von-Arnim-Verdienst-Kullerkekses und des feschesten aller Haarpinsel, der sich diesmal mit der Rolle des Unterreiseleiters zufriedengibt - er sei sowieso lieber *unter*: Unterwelt, under cover, unterwegs, unter Niveau und so fort - erfreut alsbald die Insassen mit allerlei diplomatischen Einlassungen über das zu erwartende Entwicklungsgebiet Felchow. Tenor: Die Eingeborenen seien nun mal scheu, Glasperlen oder die bekannte "Kauf-ich"-Mentalität seien dort fehl am Platze, gefragt seien Anstand, Zurückhaltung und Würde. Kein Problem bei einer so gesitteten, zartsinnigen und wohlmeinenden Pädagogenschar.

Und doch: Hauptstädter sind irgendwie anders, Lehrer sowieso. Deshalb zeigt man uns per Bus erstmal die Route von Felchow nach Schöneberg, die wir alsdann rückerwandern dürfen. Am Halteplatz empfängt uns wie unabsichtlich eine kräftige Uckermärkerin, die vom Kollegen Roger sofort in ein Fachgespräch über Zollfragen, Polen-Mafia, Arbeitsmarktlage und die Schönheiten des Odertals verwickelt wird, während sich neue Fragen aufdrängen: *Groß- oder Kleingruppe? Wanderkarte oder Nase? Wald durchqueren oder umrunden?* Spontan hat sich eine kleine, aber gediegene Gruppe dem ortskundigen Schulhausmeister Witt angeschlossen. On the road! Wanderlust blitzt auf, Wind weht durch und durch, weiß ballen sich hohe Wolken im azurnen Firmament, wohlgefällig schweift das Auge, riecht die Nase Minze und Holunder. Wie leicht geht ein Fuß vor den anderen! Die Hälse werden auf der Anhöhe frei, es ist ein Wunder, daß wir nicht singen! Nach kurzem Stück Landstraße - vorbei an einem gepflegten Sechs-Loch-Golfplatz mit Promi-Tribüne - schwenkt die Vorhut entschlossen ins nahe Wäldchen ein: Die Wildnis ruft und mit ihr das Abenteuer. Mit unverwüstlichem Berliner Humor, derben Scherzen und dem launigen Nachspielen von Schülerverhalten auf Wanderfahrten (*Wann sind wan da? Kannich mehr! Hab aba Hunga! Wie weit isn noch? - Noch ein Viertelstündchen, meine Lieben, und hernach gibts ein Eis!)* vertreiben wir die aufkeimende Furcht, in unwegsamem, polennahem Terrain schutzlos ohne Wanderkarte und Überlebensausrüstung herumzuirren - ein Glück, daß unser Lutz sein Schweizermesser dabei hat und unser Majordomus immer wieder herkulisch den Weg durchs Unterholz bahnt. Als die Kollegin Barbara dann beiläufig erwähnt, sie habe ein Handy im Rucksack, lassen wir alle Furcht fahren. Am Wege sehen wir das scheue Reh, die hurtige Waldameise, den seltenen Nacktmull und die gemeine Wanderratte; auch der regionalen Flora wird von Kundigen mit kleinen lehrreichen Vorträgen gebührende Aufmerksamkeit gezollt.

Nach der Vereinigung mit der Restgruppe gehts munter plaudernd via Felchow, wobei gröblichst gegen die Helmpflicht und das Gänsemarschgebot auf uckermärkischen Landstraßen verstoßen wird. Aber auch hier lacht uns das Glück: Nur ein einsamer Lieferwagen zuckelt vorbei, offenbar auf der falschen Fährte, aber friedlich, wie wir. In der Ferne wenden zwei Einheimische behäbig Heu in Handarbeit, sonst herrscht Arbeitsruhe; auch die hinter Felchow aufragenden Schornsteine rauchen nicht - früher einziger außersowjetischer Reparaturbetrieb für SS-20-Raketen. Am Ortseingang erwarten uns die Kollegin Uta - ein Bierglas schwenkend, für wen wohl? - und zwei Jungs von Antenne Brandenburg, Außenstelle Angermünde, um die Invasion aus der Hauptstadt fürs regionale Fernsehen abzulichten. Nach gelungener Überquerung der verkehrsunruhigen B2 (*Bloß nich mit Schülern hier lang!*) betreten wir durch eine Kastanienallee unter leichtem Regen unser Wanderziel: Felchow, Kreis Oder-Welse. Und da ist sie wieder. die letzte große gänzlich unbeantwortbare Frage: *Kreis oder Welse?*

Ankunft im Park des Herrenhauses. Gruppe B ist schon längst da und hat an langen Tischen erwartungsfroh Platz gefaßt. Die Gulaschkanone aus GUS-Beständen ist aufgefahren und in Stellung gebracht. Bierwagen und Weinzelt harren des Berliner Durstes. Die Fragen sind auch schon wieder da: *Wein weiß oder rot? Anstellen oder vordrängeln? Bockwurst beißen oder lutschen? Sitzen oder stehen? Finger oder Löffel?* Ein pfiffiges Kollegium, befindet entspannt in die Kamera lächelnd unser Schulleiter, habe für alles kreative Lösungen. Besonders die Kolleginnen, insgesamt ordentlicher sozialisiert und mit Tischmanieren auch unter erschwerten Bedingungen besser vertraut als viele Kollegen, vollbringen wahre Kunststücke an Balancierkunst, Löffelführung, Lippenstellung, Schlürftechnik und Kleckervermeidung. Wer wie ich einen Bankplatz im zentralen Mittelfeld ergattert hat und vom Hunger noch nicht so arg umgetrieben ist, kann, noch ohne Suppenschälchen aus formschönem, wenngleich nicht hitzebeständigem Plaste, pardon Kunststoff, dafür aber mit wohlgefülltem Weinglas das

Fütterungsritual einverständig und amüsiert betrachten - im Gegensatz zu den beiden weiter hinten angepflockten Kälbern, die das mittägliche Gewusel zweibeiniger Lehrkörper schwer verstört beglotzen; leider werden sie auch am Abend nicht klüger sein. Immerhin - soviel geballte Hauptstadt-Präsenz haben die beiden noch nie vors Kuhauge und die beiden Jungs vom regionalen Fernsehen auch nicht öfter vors Kamera-auge gekriegt.Und hinten lädt Mutter Jutta zum Federballspiel...

DAS DEFILEE hungriger Pädagogen folgt einer einfachen, aber schönen Choreographie. Von rechts ungeduldiges, gelegentlich hastendes Herbeieilen mit unstetem Blick und noch leeren Händen, accelerando bis vivace - von links entspanntes, beseeltes Zurückschreiten, ritardando bis allegro moderato, zügig zwar, die Plastikschälchen sind noch gar zu heiß, aber wohl ausbalanciert, randvoll wie sie sind. Stetig muß auch den Getränken zugesprochen werden. Wer gerade nicht löffelt, beißt und kaut, wird am Bierfaß oder im Weinzelt vorstellig, wobei die Zapfanlage fürs Bier deutlich stärker frequentiert wird als die für Weine. Während vor ersterer immer wieder Auflauf und Geschlange herrschen, ist am Weinausschank immer ein Hahn frei. Bier fließt in transparente Kunststoffbecher, Wein rinnt in kleine Gläser - für die hat Kollegin Britta gesorgt, merci! - Bier wird vom kundigen Dorfpersonal gezapft, Wein im Self-Service-Verfahren entnommen, Bier wird geschlorkt, Wein geschlonzt, Herren bevorzugen dieses, Damen jenen, grob verallgemeinert. Unter hinter allem lauern die Fragen, die lästigen: *2 oder 3 Biere? Flezen oder lagern? C-Bus - Panne oder Umweg? Verirrt oder ertrunken? In Pinnow oder in Polen? Amt oder Welse?*

AUCH HIER gibt das Leben die richtigen Antworten. Denn mit erheblichem Verzuge trifft Sportgruppe C, müde, aber glücklich auf dem Festplatz ein. Jubel brandet auf, hier und da leicht maliziös eingefärbt. Deutliche Signalwirkung zeigt die Ankunft des letzten Drittels bei noch nicht hinreichend abgefüllten A- und B-Kollegen:

Seht ihn an, den Gotter:
trinkt er, wird er flotter!

Da, schon eilt er flink herbei,
nachzufassen Erbsenbrei!

Und wirklich: Behende, ja wieselflink und gleichsam turbogetrieben, tänzelt unser Lothar, buntbehemdet, mit heliumgefüllter Leichtigkeit dem Suppentrog entgegen, um vor den noch nicht ganz essensorientierten C-Wanderern erneut Suppe abzugreifen - diesmal, wie gemein, ohne Wurst. Aber solange Tafelwein weiß immer schön mit bei ist...

Offizieller Höhepunkt der Felchower Landpartie sind unstreitig vier würdige und bedeutende Ansprachen. Nach längerem internen Palaver treten nun nacheinander vor das vom Medienwart ganz gesamtkonferenzmäßig installierte Mikrofon: unser aller Schuldirektor, der Amtsdirektor des Kreises Oder-Welse, der Bürgermeister von Felchow und der Präsident der Bettina-von-Arnim-Gesellschaft. Aber ach - von all den wohlgemeinten, wohlgesetzten und wohltönenden Worten bleibt im bereits milde vom Alkohol verwahrlosten Pädagogenhirn nur weniges haften. Bleibende Erinnerung habe ich an Direktor Krauses (Ex-Lehrer mit gut eingefärbtem Berlinisch) griffige Formulierung von der *kleinen Langfristigkeit*, welche die Felchow-Berlin-Maßnahme nun schon aufzuweisen habe. Das stimmt heiter und versöhnlich, und die Umstehenden, so sie denn Hände frei haben, rühren dieselben zum Beifall. Beifällig wird ferner vermerkt, daß der Schulleiter unserem Reiseleiter Lob und Dank zollt, ihm wettermäßig Absolution erteilt und alle Regreßansprüche von jetzt an für null und nichtig erklärt. Kollege Gerd, der seine 15 Mark 10 vom Vormittag schon davonfliegen sieht, spricht nun doppelt tapfer dem Biere zu. Und nach dem höchstdirektoralen Schlußwort darf sich das Wetter nun ohne Not wenden - und so ballt sich graues Gewölk, böet ein frischer Wind, gießt der Himmel Regen und neue Fragen aus: *Kurz- oder Landregen? Schirm oder Regenpelle? Flüchten oder standhalten?* Die passende Antwort hat, wie schon so oft, mein Lieblingslutz parat. Gekonnt stülpt er ein gelbes Regenleibchen der Marke *Jugend trainiert* über - ab 50 dürfe man dergleichen wieder tragen - und entfernt sich als gelbes Michelin-Männchen, huldvoll winkend, in Richtung Herrenhaus.

Wie das liebe Vieh drängt die nun ergiebig herabfallende Nässe die Lehrkörper ohne Wahlfreiheit in heterogene Gruppen schutzsuchend zueinander: unter Tanne, Weinzelt und die zum Dach hochgeklappte Hecktür des Getränkewagens. Hier rottet sich hurtig eine Männer-Notgemeinschaft zusammen, allesamt ausgewiesene Bierfreunde der naturwissenschaftlichen Fakultät, während ich weiter dem weißen Bordeaux zuspreche. Erinnerungswürdig hier das auch nach jahrelangem Auslandsaufenthalt unverwechselbare meckernde Lachen des Kollegen Olaf sowie die diversen bühnenreifen Auftritte des multitalentierten Kollegen Gerd, der, als es nämlich regenbedingt die Kollegin Ingeborg kurzzeitig unter das Männerdach verschlägt, dem staunenden Publikum vorführt, wie man, Zigarette im Mundwinkel, Bierbecher in einer Hand, mit der anderen ein dünnes Regenjäckchen zügig aus seiner Verpakkung nestelt und sich gekonnt überstülpt, der launigen Kollegen-Kommentare nicht achtend (*Gerd im Ganzkörperkondom* oder *Soll ich deine Zigartette weiterrauchen?*), einen Regenschirm entfaltet, um die Kollegin kavaliersmäßig zu beschützen und angeregt zu beplaudern. Während unterm Dach das Kollegengeschwätz seinen munteren Fortgang nimmt, rauscht weiterer Regen reichlich hernieder.

Aber auch der ist an diesem Tage nicht von Dauer. Bald lugt Sonne wieder freundlich durchs dicke Grau. Wer jetzt noch auf nassem Festplatz verblieben ist, sieht sich mit Reiseleiters Drohung *Das Bier muß weg!* und neuen Fragen konfrontiert: *Bier oder Bier? Hierbleiben oder abrücken? Kirche oder Felchowsee? See oder Pinnow? Tee oder Kaffee?*

Die Antwort wird diesmal leicht gemacht. Für die Zaudernden, Säumigen, Unentschlossenen steht nur noch der Bus nach Pinnow bereit, um den Gutshof, letztes Ziel unserer Exkursion, ohne Umweg anzusteuern, wo uns ein schön in der roten Originalfarbe restauriertes Gutshaus und diverse nützliche Einblicke in Historisches, Landwirtschaftliches, Architektonisches und Sonstiges erwarten. Die ABM-Truppe, von unserer Ankunft offensichtlich vorinformiert, steht mürbe zum

Empfang auf Arbeitsgeräte gestützt oder geschickt aneinandergelehnt, sehr hübsch, sehr fotogen. Da aber gerade kein Autofocus zugegen ist, trinkt das Auge, was die Wimper hält: Gehöfte und Stallungen, museale Gerätschaften auf Katzenkopfpflaster, das Gutshaus, ein veritables Kleinod, Amtsdirektor Krauses rote Residenz, *Kreis oder Welse, Mais oder Else, Hemd oder Hose?* Antwort weiß der windige Nachmittag nur eine: Kaffee und Kuchen unter hohen Kastanienbäumen im Hof des Herrenhauses, schattig und schön. Mählich kehrt Ruhe ein, auch die Umtriebigsten - Abstecher nach da, Umweg nach dort - finden sich ein an langen Holztischen, Palaver zum Rhabarberkuchen, Klatschen beim Kaffee, wieder freche Fragen: *Wo isn hier das Klo? Wann kommt denn der Rest der Truppe? Gips noch Kuchen? Wann fahrn wan los*? Alles fügt sich wie von selbst, auch für die später Eintreffenden ist noch Kaffee da, einige drängen schon zum Aufbruch, und nachdem die ABM-Damen des Hofes ihr kollektives Gackern im Pausenpavillon feierabendbedingt eingestellt haben, treten die glorreichen Drei vom Busunternehmen zum letzten Akt an. Selbdritt zuckeln die Busse C, A und B gemächlich vom Hofe. Adieu, Pinnow - Lebt wohl, wackere Uckermärker - schön wars, und geschmeckt hats auch.

GANZ UNSPEKTAKULÄR gestaltet sich die Rückfahrt. Kaum noch Fragen; dösig hindämmernd, zufrieden und ein wenig hirnschwurblig hängen wir in den Sitzen, gedämpftes Plaudern, keine Ansprache mehr, nur noch der letzte Dank an den hochbeglückten Reiseleiter, charmant vom Kollegen Werner formuliert: *War viel besser als im Spreewald!* So isses - Volker, wir danken dir! Rasch zerstreuen sich nach geglückter Landung im Senfgurkenring zufriedene Menschen. Entspannt gehts in den Abend - nur der morgige Freitag stört ungemein.

WÄHREND DIE SONNE irgendwo hinterm Märkischen Viertel niedergeht, steigen letzte Fragen sacht in den Juniabendhimmel: *Zum Griechen oder zum Italiener? Jacke oder Hose? Tante oder Else? Kreis oder Welse?*

EGAL WIE: Alles wird gut.

PAUSCHAL IST SPITZE

Warum ich trotzdem verreise

Verreisen - so entnehme ich einem in der Regel wohlinformierten Berliner Presseerzeugnis, das die lateinische Maxime *Den Dingen auf den Grund gehen* im Schilde führt - verreisen sei vorgestrig, eine höchst fragwürdige Angelegenheit, mache überhaupt keinen Sinn mehr. Massentourismus, Erlebniszwang, die Sehnsucht nach der großen Abwesenheit von sich selbst - dieser ganze Wahnsinn Urlaub liegt unseren professionellen Kulturpessimisten in diesem Frühjahr schwer auf dem Gemüt.

Mir nicht. Ganz im Gegenteil. Freimütig und freudig bekenne ich: Ich bin Lehrer, Sport und Erdkunde, und ich bin Pauschaltourist. Mit Leib und Seele. Leidenschaftlicher sozusagen. Kritiker und Nörgler sind mir egal. Pauschal ist spitze, ein Sport von olympischer Qualität (immer schneller, immer weiter, immer aufregender) und die alljährliche Pointe meines Selbstbewußtseins. Amrum oder Florida? Für mich überhaupt keine Alternative. Natürlich drei Wochen Miami mit Bodyguard, Kampfhund und Crashkurs im Schußwaffengebrauch, Überlebenstraining in den Everglade-Sümpfen und Free-diving im Bermuda-Dreieck. Ich bin reisesüchtig - na und? Immer unter Strom, immer unterwegs, immer volle Power und high hoch drei. Ein Kick nach dem anderen, geballte Höhepunkte, Adrenalinspiegel wie beim Formel-I-Piloten, Abenteuer pur, maximales Risiko. Amrum ist was für Spießer, Ökos und Schlaffis. Mein Urlaub ist rasiermesserscharf durchorganisiert: Pauschal-Sonderangebote, Billigstflüge und Drei-Sterne-Hotels, Service inclusive, alles optimal getimt. Die TUI-Reiseleiterinnen kennen mich gut, ich bin kein Kind von Traurigkeit, und Pauschaltouristen sind immer gut drauf. Reisen bildet, hat mal einer behauptet, der es gerade mal bis Rom geschafft hat. Nix gegen Kultur, bei mir ist es eben Body-Bildung und Erlebnis-Kultur - fit wie ein Apfel und spitz auf alles, was neu ist und aufregt. Das bin ich schließlich meinen Schülern schuldig.

Und sonst? Bedrängend schwillt das schöne Frühjahr, es redet trunken die Ferne wie von künftigem großen Glück, die neuen Kataloge sehen gut aus, und wenn ich nächste Woche den Jackpot knacke, gehts in den Sommerferien in den kambodschanischen Dschungel zum Guerilla-Urlaub, oder doch lieber Goldsuche im Baikalsee oder Jeep-Safari durch die Takamatan-Wüste?

Ich weiß es noch nicht. Ich weiß auch nicht, was die Schramberger, die Blonde, die mal mit auf Skireise war, meinte, als sie mir gestern nach der Gesamtkonferenz sagte, und dabei grinste sie so süffisant, daß sie mir wünschte, ich würde mal so alt, wie ich jetzt schon aussehe.

UNTER FACHLEITERN

Impressionen aus der Zukunftswerkstatt

Entrée

Hier ist Schloß Wansdorf! Der Fünf-Uhr-Stuhlkreis. Ein phantastisches Wochenende. Wir sind hier: lauter Fachleiter. Wir bauen die Zukunft. Eine gemeinsame und psychisch erholsame Veranstaltung. Glücklich über Herrn Silberstein. (Modisch-dynamisch - war wohl zu heftig beim Friseur!) *Ich hoffe, daß wir viel Spaß haben und etwas weiterkommen.* Viel weiterkommen wäre mir lieber, wenn etwas Spaß dabei ist, umso besser. Die Kipplehne des Stuhls ist angenehm, für kleinere Teilnehmer aber an der falschen Stelle. Gestaltpädagogische Elemente. Lehrer haben keine Sockenkultur. *Ich heiße Schmitz, bin als Gast hier.* Der Herr in Schwarz schaut verdrießlich, so donnerstagabend. Was macht R. in dieser Runde? Kritikphase, ordentlich Ärger ablassen. Kein Problem für die, die nicht auf die Decke wollen. *Ich aber habe gute Erfahrungen damit.* Prozeßorientiert. Blitzlichtphase. *Wie geht es Ihnen jetzt?* Nicht meine Frage. Montag in zwei Wochen ist Nachbereitung, in drei Wochen Resümee. *Wir sind aber auch Privatmenschen.* Unserer Bedarfslage: aufatmen, nicht mehr an Schule denken. Rekonvaleszenz. Hilfreich und befriedigend. Rein in die Freiheit. *Ich weiß eigentlich nicht, warum ich hier bin.* P. gibt sich mutig und vertrauensvoll in die Hände des Veranstaltungsleiters. Steigerung des gemeinsamen Erlebens. Gespannt und offen. Neugierig und gespannt. Offen und neugierig. *Also ick bin ooch sehr jespannt!* Kein Korsett. Utopisch denken - wunderbar. Realisierung - essentiell. *Vielleicht willst du hier gar nicht mehr weg!*

Châteaux en Espagne
Morgenmeditation im Wintergarten

Wer das Haus der Zukunft bauen will, muß zuvor Luftschlösser errichtet haben: Landschule in Brandenburg (Ein Ort. Irgends), in guter Nähe und Distanz zur Metropole. Und in gefälliger Landschaft (Schloß, Park, See, Wald, Hügel). Klein, überschaubar. Begabtenförderung, Kreativschule. Philosophie und schöne Künste. Lehrerbildungsstätte. Kulturelle Praxis. Architektur, Landschaftsgestaltung. Kontemplation. Anthropologische Leitfigur: der gebildete, der selbstorientierte, der selbstbeherrschte Mensch. Die höchste Aufgabe: Wie das Individuum seine eigene Kultivierung auf sich nimmt. Bildung zur Selbstbildung. Individualitäten entwickeln und stärken. Gemeinsam an Themen und Problemen arbeiten, ohne die Einschränkungen von Fächern, Curricula, Jahrgängen, Zeitrhythmen, Noten. Sich Zeit lassen. Scola=Muße. Ruhe. Produktiver Müßiggang. Kreatives Nichtstun. Meditation, Klausur, Colloquia, sokratische Dialoge, politische Diskussionen, bukolisches Landleben.

Lagern. Dämmern. Lügen
Phantasiereisen

Offenbar sind vielen Teilnehmern die gängigen Techniken der körperlichen und geistigen Entspanung unvertraut, sonst würden sie sich nicht so bereitwillig den Anweisungen des Veranstaltungsleiters anvertrauen, der sich nun einmal dafür entschieden hat, die beste Entspannungshaltung zum Zweck einer Phantasiereise sei die liegende. (Brillantes Argument aus der Runde der Positiven: Bisher habe man doch immer nur im Sitzen nachgedacht, und nichts sei dabei herausgekomen!) Bevorzugt wird die Rückenlage - vielleicht hat man als Säugling damit angenehme Erfahrungen gemacht. Wenige Fortgeschrittene richten das Haupt gen Osten aus, die Mehrzahl bevorzugt Nord-Süd-Richtung. Hier wird kollektiv gelegen, das verbindet, dies ist eine identitätsstiftende Maßnahme. *Ich habe da gute Erfahrungen. Warum verweigern Sie sich? Lassen Sie sich doch einfach darauf ein! Öffnen Sie sich, lassen Sie sich fallen! Sie sind zu starr, zu unflexibel, zu verschlossen. Was bedrückt Sie die ganze Zeit? - Ich bin überhaupt nicht verschlossen - Sie verschließen mich vielmehr mit Ihren Kommunikationsveitstänzen. Wie wärs, wenn Sie mich einfach in Ruhe ließen?!*

Mit der Ruhe wird es nichts. Statt meditativer Selbstversenkung: Beethovens Violinkonzert als Daueruntermalung, die bald zur Ablenkung wird: Ich höre lieber der Musik zu als mich von ihr zu einer Phantasiereise beflügeln zu lassen. Das wiederum scheitert, weil der Therapeut fortlaufend zu schnell, zu routiniert, zu geschäftsmäßig Anweisungen erteilt. *Nehmen Sie Ihr linkes Knie wahr. Nur wahrnehmen.* Ich nehme wahr: Aua!

Gruppenszenario, Körperhaltung, Musik, Sprache - für mich wenig einladend, eher unproduktiv, nach zehn Minuten echt ätzend. Aber wir wollen ja nicht mäkeln! Meine Phantasiereise hab ich eh vorgezogen. Als Epilog die negative Utopie: keine Schule. Überhaupt keine. Teacher, leave us kids alone. Entschulung. Die Antiquiertheit unserer Bildungsanstalten. Zivilisationsmüll. Sela, Psalmenende.

Phantasie sei produktive Weltsicht, höre ich aus der Runde. Recht so. Freilich auch destruktive. Phantasieren kann man nicht nur das Wünschbare, Ideale, sondern ebensogut das Monströse, Furchtbare. Sonnenstaat contra 1984. Wird nicht zugelassen. *Hier wird positiv phantasiert* und sonst gar nicht. Der Mensch ist gut, Utopie nur positiv. Kritikphase war schon gestern, Dekonstruktion haben wir hinter uns. *Keine negativen Zukunftsentwürfe!* Das ist uns hier zu desperat, zu depressiv, zu destruktiv. Hier heißt es gnadenlos positiv sein. Und schöne Bilder entwerfen. Etwa dieses: Unsere künftige Schule sei ein römischer Brunnen (C.F.Meyer und Rilke lassen nicht grüßen), *drei Bekken, eins das andre übersteigend*, die oberste kleinste Schale (Sitz der Weisen) gibt ihr Wasser an die wissensdurstige mittlere ab, die wiederum die große untere weiterversorgt. Die Frage nun, woher und woraus denn die oberste abgebende Schale gespeist werde, zeugt von banausenhaftem Unverständnis. Denn im Brunnenland waltet kein Wasserkreislauf (*und jede nimmt und gibt zugleich und strömt und ruht*), sondern strikte, undurchdringliche Hierarchie: Die oberste Schale (Oben ist omen ist nomen) empfängt ganz gralmäßig die Ausgießung des Heiligen Pädagogischen Geistes (HPG), und die so abgefüllten Weisen, Initiierten, Seher, Heiligen bewässern ihrerseits die nach Erleuchtung dürstenden Adepten mit demselben. So wird alles gut.

Alle wollen Chips
Von Amigos und Paten

Worum geht es hier überhaupt? Um die Schule der Zukunft? Oder doch nicht? Sonst stünden ja die Themen, nicht die Methode im Vordergrund. Eher gehts um Konsens, Kooperation, Schulterschluß, Befindlichkeit. *Schön, daß alle gekommen sind, toll, daß wir noch miteinander reden können. Wie fühlen Sie sich jetzt?* - Mir ist kalt, ich brauche jetzt ein gutes Essen und ein warmes Bad. *Es ist doch schon ein Wert an sich, wenn wir hier zusammensitzen.* Die berühmte menschliche Wärme? Mir ist das zu wenig, zu beliebig, zu unprofessionell. Fachleiter sind wir, Fachleute, leitende Angestellte, Multiplikatoren, und bauen dich, oh Schule von morgen... Aber das mit dem Geben und Nehmen hab ich noch nicht so richtig verstanden, römischer Brunnen oder Chip-System? Alle wollen ja Chips, höre ich. Ich versuche es: Rentner P. (Pate) repariert den Tauchsieder in Haus 8, erhält dafür drei Chips, für die er sich von Schülerin S. einen Brief ans Versorgungsamt formulieren läßt. Richtig? Gut. Dafür kriegt sie dann sechs Chipsletten. Falsch. Nochmal: Amigo T. spendet der Schulleitung eine Flugreise auf die Bahamas, erhält 125 Chips und bezahlt damit das Abitur seines Sohnes. Wieder falsch? Letzter Versuch: halbjährliche Großveranstaltung, die Chip-Parade, das Defilee der Lehrkörper vor der versammelten Schülerschaft, die Chip-Vergabe nach dem Klientel-System: Der fleißige, engagierte, tolle Kollege respektive die dito Kollegin mit dem spannenden, spaßigen, schülerfreundlichen Unterricht erhält 25 Chip-Punkte auf der nach oben hin offenen Erfolgs- und Beliebtheitsskala, der faule, desinteressierte und lahmarschige Lehrkörper mit dem entsprechenden Unterricht tendiert gegen 0. Die Bezahlung erfolgt nach Chipspunktekonto, erfolglose und unbeliebte Lehrerinnen und Lehrer werden ausgemustert, alles übrige regelt Angebot und Nachfrage. Korrekt? Bingo!

Nachklänge
Konsens oder Nonsens

Es ist alles ganz anders. Ein großes Mißverstehen. Kannitverstan. Dies sollte doch eine konsensbildende Maßnahme sein! Konsens ist wohl eher der Glücksfall einer Gruppendiskussion, ihre erfreuliche Ausnahme, nicht die Regel. Nur ein langjährig gut trainiertes Harmoniebedürfnis läßt viele glauben, es käme immer nur auf Übereinstimmung, Abgleichung der Standpunkte, auf Verständigung, auf Unisono an. Immer ist nicht gut. Besser, sich gelegentlich daran zu erinnern, daß das Nichtübereinstimmende den Diskurs voranbringt und Erkenntnis ermöglicht, daß die Beseitigung der Nichtübereinstimmung zwar ein Ziel ist, daß aber ein Zustand von Uneinigkeit ein dauerhafter sein kann und nichts Verwerfliches an sich hat. Und, was noch wichtiger ist: sich trotz Nichtübereinstimmung akzeptieren können, wissen, daß Widerspruch notwendig ist, weil jede Entwicklung von Widersprüchen gekennzeichnet ist. Schließlich: seinen Erfahrungen und Überzeugungen vertrauen, sie aber nicht für selbstverständlich halten, sich aber nach immer besseren Gründen für sie umsehen. Konsensfähig sein, ansonsten auf Abweichung bestehen. Alles übrige ist Nonsens.

ZIEMLICH SCHLECHT, DOKTOR SPECHT!

Schule im Fernseh - da lacht das TV-Volk, und der Pädagoge entrüstet sich. *Unser Lehrer Dr. Specht.* Dritte Staffel, dienstagsabends ZDF, gedreht auf der Internatsinsel Scharfenberg im Tegeler See in Berlin. Endlich mal wieder ein vorbildlicher Pädagoge auf dem Bildschirm, nicht eine dieser grambeladenen, überforderten und gescheiterten Existenzen! Keine Folge darf versäumt werden - das Gesetz der Serie gebietet es - will man am Schicksal von Clementine, Marion und Liane teilhaben und mit unserem Lehrer Dr. Specht lehren, leben und leiden. Schüler möchte man da wieder sein, in diesem idyllischen Luisen-Gymnasium, wo es doch so ganz anders zugeht als in unserer Schulzeit, so ganz anders auch als in unserer heutigen pädagogischen Praxis.

Schule könnte, ach, so schön sein. Stattdessen: Unbehagen, Nörgelei, Entrüstung. Einspruch, harsche Kritik aus Lehrermund: *platte Verbildlichung eines Groschenromans mit lächerlichen Figuren, die dümmliche Sentenzen absondern, allersimpelste Dramaturgie, karikaturistische Verzerrung bis zur Lüge, Schule als Peepshow, miserable Schauspieler.* Ziemlich schlecht, Dr. Specht! - Aber ja doch! Genau! D'accord! möchte ich den zornigen Kritikern zurufen, aber, was bitte, habt ihr ernsthaft erwartet? Etwa den gut recherchierten, authentischen, gesellschaftskritischen, flott inszenierten, gut gefilmten und brilliant gespielten Schulfilm, facts and fiction wohl ausbalanciert, niemals platt, niemals pauschal? Seht ihr - den gibt's nicht, und genau den liefert *Unser Lehrer Dr. Specht* eben auch nicht. Daß es *die* Schule nicht gibt - auch beim ZDF weiß man das inzwischen - alle im und vor dem Fernseh aber zu wissen glauben, was Schule sei (Schließlich ist ja jeder mal, wäre ja noch schöner!), wird ein fernsehadäquates Bild von Schule entworfen, das von möglicher Realität weit entfernt ist, aber doch genug reale Möglichkeiten des Erinnerns, der Parteinahme, der Erwartung und Enttäuschung, kurz: der Identifikation, bietet. Schön ist die Bildschirm-Schule: so simpel, so bunt, so aufregend, so schief, so verkehrt, so unglaublich dämlich. Offenbar wollen ja recht viele Zuschauer - darunter auch einige Lehrer und viele Schüler - nicht Realität, sondern ihr Surrogat: den dicken, schönen Schein. Lassen wir ihnen das Vergnügen daran, diese unbändige Lust am medialen Flachsinn: Er erfreut, erhebt und transzendiert den Alltag. Und: *die* Schule, die es nicht gibt, ist wieder mal im öffentlichen Gerede. Da macht es doch nichts mehr, daß es das Luisen-Gymnasium auch nicht gibt, allenfalls als Fassade auf Scharfenberg. Was bleibt, ist die schöne, schwer erträgliche Seichtigkeit des Scheins. Es kommt ja nicht darauf an, was wir sehen, sondern allein darauf, was wir sehen wollen. Alles andere ist pharisäerhaft, bildungsbürgerliche Arroganz.

ANFECHTUNGEN

Ein anständiger Beruf?

Als Sting in den frühen siebziger Jahren - damals hieß er noch wohlklingend, aber medienuntauglich *Gorden Matthew Sumner* - beiläufig beschloß, den schlechtbezahlten und wenig erfolgreichen Job eines Grundschullehrers aufzugeben und sich fortan dem eines Popmusikers zu widmen, tat er dies aus durchweg ehrenwerten Motiven (Glück, Glanz, Ruhm, Reichtum etc.), keinesfalls aus Rankûne gegen den Berufsstand des Lehrers noch gar aus eigenen leidvollen Erfahrungen. Später nämlich, als aus Sumner Sting geworden war, konnte er ohne Arg bekennen, Lehrer sei *ein anständiger Beruf.*

Wir, die wir Lehrer geblieben sind, weil es weder zum Superhit noch zum Bestseller gereicht hat, könnten uns mit dieser Aussage einverstanden erklären und befriedigt zurücklehnen: Popstar Sting als Kronzeuge für unsere ehrenwerte Profession - wie schön! Wären da nicht diese leichte Skepsis, dieses feine Stechen, diese leise Verstörung. Wieso *anständig*? Ohne Originalton auf Mutmaßungen angewiesen (honorable? serious?), neige ich zu der Annahme, daß, wer sich öffentlich und emphatisch zum Verteidiger der Lehrerzunft aufwirft, sich gegenüber einem unausgesprochenen, aber hartnäckigen Vorwurf rechtfertigen zu müssen glaubt: Lehrer sei doch irgendwie kein ganz anständiger Beruf, oder anders gewendet, Lehrer seien ja durchaus nicht immer und unter allen Umständen anständig.

Wie wahr, wie wahr. Unter *The Police - Their Greatest Hits* von 1990 fand ich meine Vermutung klangvoll bestätigt. In *Don't stand so close to me* erzählt Sting die Geschichte eines Junglehrers als obskures Objekt einer Schülerinnen-Begierde mit den dazugehörigen Irrungen, Wirrungen, temptations, frustrations und lolitamäßigem bad end, also anders als die aus Schulmädchen-Reports, Tatorten und Teenie-Gazetten sattsam bekannten Lehrer-Schülerin-Mesalliancen...

Natürlich ist ein Lehrer, sofern er leidlich jung, frisch, klug, witzig und einfühlsam daherkommt, als Objekt von Schülerinnen-Interesse, das über Unterricht und Schulleben hinausgeht, höchst geeignet. Ohnehin sind ja die Privatissima attraktiver männlicher Lehrpersonen für empfängliche Schülerinnen bedeutend aufregender als das, was man aus dem Schulleben von ihnen kennt. Und so werden Familienstand, Wohnverhältnisse, Lebensumstände, Vorlieben etc. mit nahezu detektivischem Spür- und Starrsinn recherchiert. Richtig schlimm bis fatal wirds erst, wenn Leidenschaften wüten und die Grenzen der Menschheit drängen, vulgo: hormonelle Verblödung einsetzt. Innerhalb der Lehranstalt: umflorte Blicke, Erröten, Anhimmeln, Sehnen und Schmachten, Vordrängen und Verbergen, ups und downs zwischen Euphorie und Depression - außerhalb derselben: anonyme Bekennerinnenschreiben, Nachstellungen, Wegelagerei, Telefonterror, Erpressungsversuche, Selbstmorddrohungen.

Mein unbescheidener Ratschlag: statt eines tendenziell angeranzten Pseudo-Vaters dann doch lieber einen dieser feschen, süßen und knakkigen Jungs aus einer dieser überall sprießenden Musicclip-Bands, die in ihren knappen Leibchen und geräumigen Jeans so fesch über die Bühne springen und dabei in Gesang ausbrechen, da sind temptation und frustration nicht gar so arg, und auf Englisch geht sowieso alles leichter, pardon, easier ab...

Ein letzter Blick in die Abgründe pädophiler Gefühlsverirrungen: In der bekannten Berliner Jugendkulturzeitschrift *ätzettera* fanden sich die folgenden *Fragen an Fräulein Elisabeth:*

Liebes Fräulein Elisabeth!

Ich bin Mathelehrer und habe ein Problem. Ich liebe eine meiner Schülerinnen, die mich aber total ätzend findet. Ich sehe nur einen Ausweg. Ich muß sie mit ihrer Mathe-Note erpressen, da ich weiß, daß sie eine Vier braucht. Soll ich?

Hermann (41)

Lieber Hermann!

Ich glaube nicht, daß es pädagogisch sinnvoll wäre, die Schülerin mit ihrer Mathe-Zensur zu erpressen. Erstens würde es Ihnen und auch der Schülerin - VERSUCHEN SIE NICHT, GEFÜHLE ZU ERZWINGEN! - nicht helfen. Bedenken Sie auch, daß Sie Ihren Schülern gegenüber einen Vorbildcharakter haben! Zweitens ist es sinnlos, die Schülerin zu bedrängen, da sie Ihre Gefühle offenbar nicht erwidert.

Mein Rat: Suchen Sie sich eine Schülerin, die nicht in Ihrem Unterricht ist!

Liebes Fräulein Elisabeth!

Alle in meiner Klasse sagen, unser Mathelehrer sei echt total in mich verknallt. Mein Problem ist: Ich finde ihn ziemlich ätzend, brauche aber in Mathe unbedingt eine Vier. Was soll ich tun?

Kerstin (14)

Liebe Kerstin!

Die Lösung Deines Problems ist nicht ganz einfach. Sprich auf jeden Fall mit Deinem Lehrer, und mache ihm klar, daß Du nicht für ihn empfin- DU SOLLTEST DEINE SITUATION NICHT AUSNUTZEN! - dest. Wenn er sich mit einer schlechten Zensur „rächt", mußt Du zum Schulleiter gehen. Auf keinen Fall aber darfst Du auf Deinen Lehrer eingehen, nur um eine bessere Note zu bekommen. Das wäre ein moralischer Abgrund und sicher keine Lösung für Dein Problem.

Mein Rat. Besorge Dir eine gutaussehende Mathe-Nachhilfe in Deinem Alter!

Na bitte. Es geht also auch anders.

NULL FEHLER?
Zwielichtige Zeiten

Auch Lehrer, Deutschlehrer eingeschlossen, machen gelegentlich Rechtschreibfehler, in vertrackten Testdiktaten sogar ein paar mehr. Das ist menschlich und für den Rest der schreibenden Bevölkerung ausgesprochen tröstlich. Damit ist jetzt Schluß. Denn bald wird alles gut, einfach, klar, übersichtlich - und kinderleicht. Grund zur Freude: das Jahrhundertwerk, die Reform der deutschen Rechtschreibung, ist da. Endlich Schluß mit Paket, Rhythmus, Thron.

Sicher: Rechtschreibung ist kein heiliges Kulturgut, aber einmal beherrscht, gehört sie zur fast unabänderlichen Infrastruktur unseres Geistes. Tonnenschwer wiegt da das unschuldige Wörtchen „fast". Nur beinahe. Denn es naht die große Infrastrukturreform: die Festplatten im Großhirn müssen neu formatiert und mit neuen Daten versorgt werden: Also: Packet, Rytmus, Tron.

Schön, daß wir auch zukünftig Rhythmus, Katastrophe und Restaurant schreiben dürfen. Und selbst Duden-Papst Drosdowski vermutet, die neuen Formen Rytmus (warum nicht gleich Rüttmuss), Katastrofe und Restorant würden sich nicht durchsetzen.

Dabei ist gerade das, was sich liberal, alternativ, benutzerfreundlich gibt, der größte Unfug der neuen Reform: die Doppelschreibung. Rechtschreibung muß verbindlich geregelt, nicht ins Belieben gesetzt sein. Mit den Doppelschreibungen gibt der Duden genau das preis, was bisher seine normative Legitimation gewesen ist: „In Zweifelsfällen sind die im Duden gebrauchten Schreibweisen maßgebend" (1955). Doppelschreibungen sind überflüssig und schädlich: Sie erzeugen Unsicherheit und konterkarieren das Prinzip der orthographischen Verbindlichkeit. Schaler Trost für Bildungsbürger: Philologenverband wird auch künftig mit -ph- geschrieben werden dürfen. Die neuen Zauberformeln lauten: *kann verwendet/ersetzt/geschrieben werden, Alternative, neu zugelassene Variante, soll gewählt werden dürfen* (hübsch, der Spagat zwischen Vorschrift und Belieben!*), Freiheit der neu zugelassenen Variante, Setzung im Zweifelsfall, mehr Freiraum...*

Ich aber sage Euch: Räsoniert nicht, Kolleginnen und Kollegen, glaubt und praktiziert! Bayerns Segen habt Ihr schon. Kultusminister Zehntmeier (oder Zehentmayer oder Zehetmair achwasweißich!)hat verlauten lassen, dass er den Wiener Kompromiss für maßvoll halte (maßvoll bleibt mit ß!). Deshalb dürfen seine Erstklässler auch als erste die neuen Regeln lernen. Fein und fortschrittlich!Aber Vorsicht: Suchet auch im kommenden Duden Rytmus unter Rhythmus!

Unter deutschlehrern: Die wiener vereinbarung ist ein schmäh. Sie schadet nicht, bringt eine verwirrung, nützt aber auch nichts. Sie hat viele details bedacht, den wichtigsten teil der reform aber nicht beschlossen, der mit einem schlag rund 25% der fehler beseitigt und das deutsche an den schriftsprachlichen standard der wichtigsten weltsprachen angeglichen hätte: die konsequente einführung der gemäßigten kleinschreibung. Ziemlich dumm. Sehr schade.

GEDIEGEN HALBGEBILDET

Aufgabe der Schule ist es, alle wertvollen Anlagen der Kinder und Jugendlichen zur vollen Entfaltung zu bringen und ihnen ein Höchstmaß an Urteilskraft, gründliches Wissen und Können zu vermitteln.

So der Anfangssatz des Berliner Schulgesetzes - das Einfache, das schwer zu machen ist. Denn leider ist das starre Altersklassen- und Vorrückungssystem nicht optimal, erzeugt sowohl Orientierungswaisen wie auch erschlaffte Hochbegabte. Probleme entstehen aus Über- und Unterforderung, also praktisch aus allem (McCormick 1993). Und in der Tat: Ob Sonderschul- oder Hochbegabtenklassen, Gymnasial- oder fachleistungsdifferenzierte Gesamtschulkurse - es gibt keine homogenen Gruppen, und es gibt keine Schulart, die so organisiert wäre, daß sie ihrem gesetzlich definierten Ziel nahekäme und das Kunststück fertigbrächte, auf individuelle Begabungs- und Interessenlagen, auf unterschiedliche Leistungsbereitschaft und Lerngeschwindigkeit angemessen, geschweige denn optimal zu reagieren. Es gibt eben Schüler, die sind so lernfähig wie ein Anrufbeantworter, und auch solche, für die die Veranstaltung Schule pure Zeitverschwendung ist.

Die Theorie der Gesamtschule hat dieses universale Dilemma der allgemeinbildenden Schule mit einer optimistischen Formel aufzulösen versucht, jeden jungen Menschen gemäß seinen Neigungen und Fähigkeiten optimal zu fördern, damit die Trauben der Allgemeinbildung schwindelerregend hochgehängt und sich derweil in den weiterhin ungelösten Widersprüchen eingerichtet. Dies muß man ihr nicht vorwerfen. Zu kritisieren wären sowohl die vollmundigen Bekenner der Chancengleichheit, die schon Anfang der 70er Jahre als Illusion enttarnt wurde (Bourdieu/Passeron 1971), als auch die Hartköpfe aus den Philologenverbänden, die den Nachweis ihrer These, die Ziele der allgemeinbildenden Schule ließen sich im dreigliedrigen System besser verwirklichen, bislang schuldig geblieben sind. Aufgeschlossene Vertreter einer binnendifferenzierten Variante halten dagegen, daß Gesamtschule eine Aufgabe, noch nicht deren Lösung sei (Wagner, 1979). Und was anderes als die Gesamtschule in nucleo ist denn die Grundschule mit ihrer bei allen notwendigen und schwierigen Differenzierungen immer wieder bewährten Integrationskraft?! Natürlich ist es ziemlich blödsinnig, die Tatsache, die der Begriff „Elite“ nur unvollständig und häufig schief wiedergibt, unter Berufung auf den der „Egalität“ mit Abwehr oder Feindseligkeit zu begegnen, so als besäße jedes Kinder auf der Welt die Fähigkeit, Atomphysikerin oder Ministerpräsident zu werden, wenn man es nur gewähren ließe, und als ginge es in der Gesamtschule darum, höherwachsende Pflänzchen zu stutzen und an den kürzeren kräftig zu zerren. Der ganze Unfug kommt doch aus dem hilflosen, teilweise sogar bösartigen Umgang mit den Unterschieden (Demski 1994).

Ein pragmatischer Ausblick jenseits der Generalisierungen: Das allgemeinbildende Schulwesen müßte so organisiert sein, daß es möglichst vielen Menschen die bestmögliche Bildung vermittelt. Bildung hieße hier Fachwissen und Sozialkompetenz. Wer etwas tut (und nur darauf kommt es an) muß wissen, was, warum, für wen und mit welchen Folgen er das tut. Nur so kann die Wahrscheinlichkeit zunehmen, daß urteilsfähige Bürger kompetente Politiker wählen, daß gebildete Arbeitnehmer und informierte Verbraucher höhere Anforderungen an die Führungskräfte der Wirtschaft stellen (Lüthje 1995).

Und ob dieser gediegen halbgebildete junge Mensch, der nicht nur das lernt, was (wer weiß das schon!) seinem beruflichen Fortkommen nützt, sondern auch das scheinbar Nutzlose (Kunst und Kultur) aufnimmt und dabei Sozialverträglichkeit übt, von einer Haupt-, Real-, Gesamtschule oder einem Gymnasium kommt, ist spätestens nach seinem Schulabschluß obsolet: Dann muß er sein Leben ohnehin neu entwerfen - beruflich, gesellschaftlich, privat.

Non scolae, sed vitae...

TWO CAUSES FOR POOR TEACHING

Warum ich trotzdem Lehrer bin

Lehrer sind so ziemlich das letzte, Lehrerinnen sowieso. Ich notiere diese durchaus unoriginelle Ansicht keinesfalls, um die derzeit in der Öffentlichkeit kursierenden Vorurteile über diesen Berufsstand (im folgenden *Lehrer* genannt) zu bedienen; vielmehr will ich die geneigten Leser schonend darauf hinweisen, daß Lehrer, mit irdisch befleckten Augen betrachtet, fast ständig im Grenzbereich arbeiten: als Dompteure, Zampanos, ratlose Artisten, deren Adrenalinspiegel höher liegt als der von Fließbandarbeitern, ja gelegentlich, wenn wir dem arbeitspsychologischem Gutachten Müller-Limmroths glauben dürfen, das Niveau eines Formel-I-Rennfahrers erreicht. Und in der Tat: Verlangt wird von ihnen das schier Unmögliche, die Quadratur des Kreises, eben das letzte, nämlich eine zwangsweise zugeführte Horde tendenziell lärmender, desinteressierter, nichtsnutziger, dreister und fauler junger Menschen (im folgenden *Schüler* genannt) zu disziplinieren, zu belehren, zu unterhalten und im schönsten Fall zu bilden, ein Unterfangen, das so anspruchsvoll angelegt ist, daß die allermeisten Lehrer dabei halbherzig dilettieren oder großartig scheitern, und das Tag für Tag.

Das Ergebnis dieser weltweit organisierten Zumutung ist in aller Regel schlechter Unterricht. Die Gründe dafür sind evident. Da Bertrand Russell, tiefschürfend wie er ist, zwei wesentliche ausgemacht zu haben glaubt, will ich es ihm nachtun und es bei zweien bewenden lassen. Also. *Two causes for poor teaching*: die permanente Überbelastung, die schlimm genug ist, und der übertriebene pädagogische Eifer, der alles noch schlimmer macht. Eingeklemmt zwischen der Scylla schwer zu bewältigender täglicher Pflichten und der Charybdis der nicht eingelösten pädagogischen und der nicht einzulösenden gesellschaftspolitischen Ansprüche, sind die meisten Lehrer, so Russell, *compelled to prepare their pupils for examination rather than to give them a liberalizing mental training.* Harsch, unfroh und hektisch versehen sie ihren ungeliebten und wenig erfolgreichen Dienst, schwanken zwischen Frust, Apathie und Zynismus, retten sich, wenn schon keine Schüler-, Asbest- oder Formaldehyd-Allergie in Sicht ist, in dubiose Krankheiten sowie in die zahlreichen Ferien wie Kamele nach mehrwöchiger Wüstenwanderung in die nächste Oase, altern früh und werden wunderlich, gezeichnet von Alkohol und Alzheimer.

Dies alles ist hinreichend bekannt, aber kein Grund, in Richtung Bildungskatastrophe, Kulturverfall, Untergang des Abendlandes etc. zu generalisieren. Schließlich werden trotz weltweit erteilten schlechten Unterrichts aus den meisten Schülern rechtschaffene und gesetzestreue Zeitgenossen, schließlich gibt es auch innerhalb des so gescholtenen Berufsstandes wenige erfreuliche Exemplare, die, wie ich, und nur dazu dienen ja meine Einlassungen, ihren Job unprätentiös und ohne pädagogischen Übereifer, aber professionell und pragmatisch verrichten, dabei gelegentlich auch schlechten Unterricht machen, unter dem weder ihre Schüler noch sie selbst übermäßig leiden.

Und sonst? Der Sommer schwillt bedrängend, nah sind die Ferien - freilich nur für die Schüler, für Lehrer sind sie unterrichtsfreie Zeit- es redet trunken die Ferne wie von künftigem großen Glück, und wie klein, wie belanglos werden dagegen Rechtschreibreform, Landesschulamt, neuer Rahmenplan, Abitur, Abschlußqualifikationen, Korrekturen, Berichte, Schülerprobleme, Elternbeschwerden, Kollegiumsintrigen und der ganze klägliche Rest, von dem wir leben, auch ich.

AB INS NIRWANA

Lob des Vorruhestandes

Beamte gelten als gutartig, nützlich und lebenstüchtig. Sie stützen den Staatsapparat, sind die Witzfiguren der Nation (Yuccapalmen gießen, Ärmel schonen, Gleitzeitbögen ausfüllen) und werden rechtzeitig dienstunfähig.

Dafür gebührt ihnen, entgegen der landläufigen Vor- und Fehlurteile, öffentlich Lob und Dank. Aus arbeitsmedizinischen Gutachten wissen wir, daß über 70% der Beamten im Schuldienst ihre gesetzliche Altersgrenze in arbeitsfähigem Zustand gar nicht mehr erreichen, weil sie die Last der Welt nicht länger als 25 Jahre zu tragen vermögen. Um nun vor dem unvermeidlichen *burn out* noch rechtzeitig die Kurve ins *dolce far niente* zu kriegen, bekommen sie pünktlich ihre Allergie oder Phobie, ihren Tatterich, Alzheimer oder Ärgeres: Sie werden dienstunfähig. Lobenswert daran ist, daß sie damit den Weg freimachen für die Abertausende junger, dynamischer und engagierter Lehramtsanwärter, die, ginge die kollektive Vergreisung unserer Pädagogen ungebremst weiter, in den behördlichen Warteschleifen unweigerlich vergilben und ein weit minder staatstragendes Dasein zu fristen genötigt sein würden. Doppelt lobenswert, seit wir aus unabhängigem Gutachtermund auch wissen, daß Beamte inclusive Ruhestandskosten bedeutend preisgünstiger sind als Angestellte. Welch weltweise, weil staatserhaltende und kostendämpfende Maßnahme, Tausende von unproduktiven Staatsdienern vorzeitig auf die Reise ins Nirwana zu schicken, statt sie, wie vor Jahren noch in der Bundeswehr üblich, schon Anfang vierzig großzügig abzufinden, opulente Pensionen zu zahlen und ihnen den Weg in einen lukrativen Nebenjob hilfreich zu ebnen...

So lobe ich mir denn diesen landesweit schnöde verkannten Beamtenstand: gutartig, nützlich und ungemein lebenstüchtig.

FOREVER YOUNG

Mit der Jugend ist das so eine Sache. Einerseits bietet sie dem werdenden Erwachsenen unwiederholbare Glücksmomente wie den ersten Kuß oder die letzte Schulstunde. Andererseits zeichnet sie sich durch Leiden aus, die mit Pickeln beginnen und mit PW-Klausuren noch nicht enden. Am schönsten an der Jugend ist doch wohl, daß sie irgendwann vorbei ist.

Schön wär's schon. Unglücklicherweise bestehen immer mehr Menschen darauf, lieber erfolgreich, schön, reich und jung als na Sie wissen schon zu sein. Besonders dem Jungsein und -bleiben sind die meisten haltlos verfallen. Neulich traf ich den Kollegen P., mit dem ich gelegentlich feinsinnige Bemerkungen darüber austausche, ob das Nichts wirklich nichtet, wie man essayistisch sterben könnte und warum wir, bergauf gehend, den Tod nicht sehen, weil er am anderen Ende des Berges liegt. Diesmal traf ich ihn reichlich verstört. Er sei, gestand er mir, nachdem er die Krise seiner Lebensmitte wie die seiner Leibesmitte erfolgreich hinter sich gebracht hätte, zu der Einsicht gelangt, daß er, da er in Discos von den Türhütern immer häufiger mit einem groben *Hau ab, alter Sack!* abgewiesen werde, der Jugendlichkeit nun wohl auf immer Lebewohl zu sagen und sich endlich wie ein reifer Erwachsener aufzuführen gedenke.

Einem deutschen Zeitgeist-Magazin, fuhr er heiter fort, habe er die Meldung entnommen, daß gelassen Altwerden in diesem Herbst im Trend liege, gediegen Schrumpeln, unwürdig Altern, angenehm Verblöden, hundsgemein Vergreisen Jungsein sei gestrig, völlig unergiebig, total ungeil - dieses pubertäre Geraffel, dieser juvenile Götzendienst werde schrecklich überbewertet. Deshalb habe er sich einer anarchofidelen Gruppe von beamteten Vorruheständlern angeschlossen, deren Ziel es sei, durch ungebremste Völlerei, süchtiges Einsaugen von Spirituosen und allerhand Drogen sowie durch schrankenlose Unzucht den unvermeidlichen Verfall, dem der Rest der Menschheit in törichtem Jugendlichkeitswahn zu entfliehen vermeint, beschleunigt nach vorn zu ziehen. Statt *Forever young* heiße die neue Devise jetzt *Born to die*, und Soziologie wie Werbebranche seien im Begriff, dieser Bewegung mit Namen Dekadismus eine breite Akzeptanz zu verschaffen.

Angeblich hat ja jedes Alter seinen Charme und seine Schätze. Goldige Babyjahre, unbeschwerte Kinderzeit, die Schönheiten der Pubertät, Höhepunkte des Lebens im reifen Erwachsensein, beschauliches Alter - so etwa die Ideallinie. Inzwischen dürfte sich herumgesprochen haben, daß die überaus meisten Lebensgeschichten anders verlaufen. Erschwerend hinzu kommt die besonders im westlichen Kulturkreis verbreitete panische Angst vorm Altwerden und Sterben, die würdelose Verleugnung unserer biologischen Bestimmung, daß wir geboren werden, leben und *vergehen wir Rauch von starken Winden*, die schäbige Furcht vor dem memento mori, das rituelle Vermeiden des Unvermeidlichen, statt wie der Barockmensch die unbändige Lust am eigenen Leben mit dem Ekel am Zustand dieser Welt zu verbinden: *Du siehst, wohin du siehst, nur Eitelkeit auf Erden:* Nichtigkeit, Illusion, lächerliche Veitstänze um die goldenen Kälber Erfolg, Reichtum, Macht, Schönheit, ewige Jugend...

Kollege P. hat meinen Gedankenspaziergang höchst amüsiert begleitet. Das kommende Jahrhundert, tröstet er mich, werde wieder ein barockes. Die Jugend werde abdanken, sie habe einfach nichts zu bieten. Gefragt sei wieder der reife, erfahrene Mensch, der Meister seiner selbst, der Weise, der die Kunst des Lebens ebenso beherrscht wie die des Sterbens und der jeden Augenblick als Moment der Ewigkeit erlebt. Beeindruckt, wenn auch mit einem Rest Skepsis sinne ich ihm nach, während eben zwei sehr junge und schöne Menschen, selbstvergessen und weltverloren, offenbar frisch und heftig verliebt, vorbeinonchalieren, unser nicht achtend.

SO KAM ICH UNTER DIE LEHRER

SO KAM ICH UNTER DIE LEHRER

Biographische Notiz

In meiner Abiturklasse wollte keiner Lehrer werden. Ich schon gar nicht. Journalist, Verlagslektor, irgendetwas Feingeistiges, bloß kein Lehrer. Als Schüler hatte ich 13 Jahre lang eine solide Skepsis gegen diesen Berufsstand entwickeln können. In den sechs locker, erfolgreich und gelegentlich unterhaltsam absolvierten Grundschuljahren war mir das Lehrpersonal - bis auf meine heimlich und innig verehrte Klassenlehrerin in der dritten und vierten Klasse, vor allem in Deutsch und Kunst! - entweder gleichgültig oder gelinde zuwider. Guter Schüler, unbekümmert, vorlaut und frech - die Pubertät und das Gymnasium setzten diesem paradiesischen Zustand ein jähes Ende. Es begannen die bleiernen Zeiten der höheren Lehranstalt (wer die 50er Jahre als Schüler durchlitten hat, wird wissen, wovon ich rede): Leistungsabstürze, Krisen, Demotivation und die höchst reale Furcht vor dem vorzeitigen Karriereende („Wann gehen Sie ab?“ aus Lehrermund - „Wenn du sitzenbleibst, gehst du zum Bau!“ von Vaterseite). Es reichte zwar gerade noch zum Abitur, aber der lange Weg dahin war überwiegend öde, freudlos und mißmutisierend. Die diversen pädagogischen Fachkräfte unterstützten diesen Eindruck: lahm bis langweilig, dümmlich bis dilettantisch, ätzend bis zynisch, Pauker ohne Einfühlungsvermögen, Feinsinn und Sozialkompetenz, traurige, bis ans Lächerliche reichende Figuren, die nur gut nachzuäffen und zu karikieren waren.

Kein Leuchtturm ragte aus diesem Meer der allumfassenden Kläglichkeit, dem wir uns mit desperatem Spott und einer Mischung aus Obstruktion und Indolenz entgegenstemmten, getreu dem Rilkeschen Motto „Wer spricht von siegen - überstehen ist alles“. Immerhin gab es doch noch zwei akzeptable, ja gelegentlich erfreuliche Vertreter ihres Berufsstandes: wieder einmal der Klassenlehrer mit Deutsch und Geschichte („Meister des lyrischen Ich und der Vermassung“), und, ironischer Wendepunkt einer bis dahin eher mäßigen und von mannigfachem Ungemach gezeichneten Oberstufenkarriere, der als Pedant gründlich verhaßte Lateinlehrer, der es fertigbrachte, mir in nur einem halben Jahr die Pforten zur modernen französischen Lyrik aufzuschließen. Beider Erfahrungen reichten aus, ein literaturwissenschaftliches Studium (Germanistik und Romanistik) aufzunehmen, aus purer Passion zur Literatur - und zu H., ohne die es nur halb so schön gewesen wäre - und bar jeder pragmatischen Orientierung auf einen zukünftigen Brotberuf. So studierten wir in wahrhaft arkadisch-akademischer Freiheit, selbstinduziert, eigenverantwortlich, lustvoll (à deux) und erfolgreich, bei Hochschul-Lehrern, deren Bildung, Stil, intellektuelle und rhetorische Brillanz uns imponierten und anspornten (die minder beeindruckenden Exemplare fielen da nicht ins Gewicht), und sahen, da wir uns für einen unversitären Abschluß entschieden hatten, hochmütig auf die Lehramtsstudierenden herab, die in den Staatsdienst strebten. Besorgte Fragen nach meinem Berufsziel ignorierte ich fröhlich oder antwortete weitschweifig-ungefähr, einer bürgerlichen Karriere herzlich abgeneigt, was in den studentenbewegten sechziger Jahren ohnehin zum guten Ton gehörte. (Ich betone: Ich bin 66er, nicht 68er, seit 1965 im bürgerlichen Ehestand und drei Sommerferien lang in Paris - der Liebe und der Examensarbeiten wegen - zu Recherchen über einen deutsch-französischen Lyriker bei dessen Witwe und zur Symbolsprache der Artus-Epen in der Bibliothèque Nationale.) Im heißen Sommer der Anarchie machten wir nicht Revolution, sondern Examina: H., schön schwanger, im Mai 68, am Tag der Besetzung des flugs in Rosa-Luxemburg-Institut umbenannten Germanischen Seminars der FU Berlin, von dessen Balkon Kommunarde Teufel mit der Beatles-Hymne *Lady Madonna* dauerhaft und weiträumig die Umgebung verlärmte; ich, an einem nicht minder heißen, aber weniger bedeutenden Tag im Juli.

Frisch promoviert, wollte sich noch immer kein seriöser Gedanke an Beruf, Karriere, Zukunft einstellen. Zufall und Glück verhalfen uns zu drei schönen Jahren im Ausland: ein Stipendium des Canada Council in Montreal, wo ich mich der Forschung hingeben, zwei Jahre DAAD-Lektor an der Université de Reims, wo ich mich erstmalig der Lehre widmen konnte - insgesamt positive Erfahrungen, die mich, ungeachtet der in der Heimat begonnenen Hochschulreform, bewogen, mich für Forschung und Lehre geeignet zu halten und entsprechend zu bewerben: Vergebliches Bemühen, wie sich zeigte. Und so zog die Kleinfamilie zurück nach Berlin, auch der Kinder wegen, neuen Horizonten entgegen.

Im Sommer 1971 war ich arbeitslos, eine zweite Tochter im Werden, die Arbeitsmarktlage heikel. Ein Einkommen mußte her, ein Beruf, womöglich eine veritable Profession, kein bloßer Job (etwa als schlechtbezahlter Deutschlehrer an Privatschulen), nein, ein solider bürgerlicher Brotberuf, meiner Ausbildung und meinen Fähigkeiten angemessen, Karriere nicht ausgeschlossen. Zweite ironische Wendung: der von uns einst so belächelte und verachtete Beamtenstand wurde fortan das Ziel unserer Bemühungen. Wir würden also Lehrer werden, was wir erst ausgeschlossen, dann verpönt, schließlich ignoriert hatten. Während die vormals hochmütig Bespöttelten längst im Schuldienst ihr Unter- und Auskommen gefunden hatten, plante ich (fast) von vorn: Rückmeldung als Gasthörer, Vorlesungen und Seminare, Schulpraktika, Pädagogikum, Philosophikum - so der Weg zum Staatsexamen. Keine grandiose Perspektive für einen fast 30jährigen arbeitslosen Akademiker mit Familie. *Man muß die Freude aus der Zukunft reißen*, wußte ich von Majakowski - und sie begann verheißungsvoll mit einem vierwöchigen Schulpraktikum an einer idyllischen Dorfschule im Norden Berlins. So kam ich im September 1971 unter die Lehrerinnen: 29, promovierter Germanist mit Auslandserfahrungen, Familienvater, Lehramtsstudent. In einer zweiten Klasse lernte ich die Freuden des Grundschullebens, die Grundlagen des pädagogischen Geschäfts und die Rolle des Exoten in einem zu 90 % aus Damen bestehenden Kollegium. Noch schöner: meine Unterrichtsversuche waren vielversprechend, mein Engagement beeindruckend, mein Auftreten makellos. Die Dame Fortuna war mir ebenso gewogen wie die Rektorin und der Leitende Schulrat, und so fügte es sich, daß, da in einer dritten die Klassenlehrerstelle vakant war, ich, Neuling und Dilettant, gebeten wurde, sie zu übernehmen. Ich akzeptierte freudig, eine Familie war zu versorgen, alles weitere würde sich finden. Und so kam es denn auch: Glückliche Umstände begünstigten meinen Einstieg, zum Glück gesellte sich nach und nach die Eignung, der Pflicht folgte alsbald die Neigung, und also ward ich Grundschullehrer, Angestellter mit unbefristetem Vertrag, 14 Wochenstunden, ohne Ausbildung, aber mit Zukunft.

Mein erster Tag im öffentlichen Dienst war ein Samstag, genauer: der 1. Oktober 1971; aber anstatt meinen Dienst in der erwartungsfroh meiner harrenden 3b anzutreten, zog ich es vor, Frau und zweite Tochter, gerade fünf Tage alt, aus dem Kindbett heimzuholen. Welch fulminanter Start in die neue Karriere! Und doch: Alles wurde gut, 29 Drittkläßler waren mir bald gewogen, desgleichen die drei älteren Kolleginnen, die sich meiner Gegenwart erfreuten und mir in allem hilfreich zur Seite standen, samt der rührigen Hausmeisterin, die uns in den großen Pausen mit Kaffee und Brötchen versorgte. Vormittags Schule, nachmittags Uni, kleine Familie in bescheidener Sozialwohnung, schmales Gehalt, voller Zweifel, doch voller Energie und einverstanden mit der unerwarteten Wendung der Dinge. Nach fast eineinhalb Jahren - die Staatsexamenstermine rückten näher, während die Gattin nach fünfjähriger Kinderpause ihrerseits den Weg zur ersten wissenschaftlichen Staatsprüfung vorbereitete - folgte ich dem Rat eines guten Bekannten und wechselte zu einer gerade eingerichteten Gesamtoberschule, deren Gründer und Leiter, Petersen-Schüler und Verfechter eines binnendifferenzierten Gesamtschul-Modells, mich relativ schnell davon überzeugte, daß ich auch ohne Staatsexamen und die üblichen Eingangsvoraussetzungen zum Lehrer taugen und nach einer vierten auch ein siebte Klasse bewältigen werde. Er behielt recht. Einfach war es gewiß nicht, nicht der Abschied von den Grundschulkindern, nicht der Einstieg in eine neue, noch unerprobte Schulform, aber spannend war es allemal.

Am 30. Januar 1973 kam ich zum zweiten Mal unter die Lehrer: 16 Kolleginnen und Kollegen bei einer Dienstbesprechung, auf der der Schulleiter, der bis heute zu den beeindruckendsten Persönlichkeiten in meiner pädagogischen Biographie zählt, über die Bedingungen des Schulversuchs sprach, darüber, wie man begabten Schülern eine volle Chance geben und daß man lernunwillige der Anstalt verweisen müsse. (Von den neugierigen, freundlichen Gesichtern, in die ich damals blickte, sind noch fünf Kollegen an der Schule, der ich ich bis zum heutigen Tag angehöre.) Am 1. Februar 1973 der Start ins neue Lehrer-Leben: 12 Stunden fachfremder Unterricht waren zu erteilen, das Erste Staatsexamen abzulegen, Frau und Töchter zu beglücken, in den Eltern-Kinder-Gruppen sollte ich mitarbeiten, die Referendarausbildung absolvieren und 1975 die Erste wissenschaftliche Staatsprüfung für das Amt des Studienrates ablegen.

Ein Schulversuch also, KMK-Modell-Schule besonderer pädagogischer Prägung, Reformschule mit Pioniergeist, die dem jungen, auf progressiv gestimmten Kollegium wahre Wunderdinge an Arbeitsaufwand und Engagement abverlangte: neue Curricula mit Binnendifferenzierung des Unterrichts, Projektarbeit, Teamarbeit, Gewerkschaftsarbeit, Planung des Ganztagsbetriebs. Ich war Lehrer an einer Gesamtschule geworden - und ich war es gern, ging mit wie selbstverständlichem, dabei höchst familienfeindlichem Übereifer an meine Aufgabe. Schule als Herausforderung, nicht als fertiges Konzept, als Projekt, als Versuch - ein hoher Anspruch, an dem man leicht scheitern konnte. Zum Trost redete ich mir ein, daß ich ebenso, wie ich angetreten war, meinen Töchtern ein besserer Vater zu sein als meiner es mir gewesen war, auch als Lehrer nicht nur anders, sondern auch besser zu sein verpflichtet war als die, welche mich früher unterrichtet hatten. Zügig und wie von selbst ging in den 70er Jahren an einer jungen Schule die Karriere. Sechs Jahre nach dem Zweiten Staatsexamen wurde ich Fachbereichsleiter für Deutsch und versuchte mich fortan, getreu der Devise des Schulgründers, Schule werde erst da interessant, wo sie über den täglichen Kommiß hinausgehe, auf fast allen Nebenschauplätzen: als anleitender Lehrer und Mentor, als Lehrervertreter in Staatsprüfungen, als Gutachter für Schulbücher sowie als Schulbuchautor, in diversen Fortbildungsveranstaltungen, als Mitarbeiter im Modellversuch „Binnendifferenzierung", als Mitbegründer der Bettina-von-Arnim-Gesellschaft, Schulverein und literarisch-wissenschaftliche Gesellschaft ineins. Das alles hätte mir nun genügen und bis zu meiner Pensionierung - die ich noch vor dem statistisch zu erwartenden *burn out* für Pädagogen zu erreichen hoffe - so weitergehen können, hätte ich nicht 1987 die Chance ergriffen, als abgeordneter Lehrer in einem von der bezirklichen Schulbehörde gegründeten Musischen Zentrum, zu dem seit 1985 ein Zentrum für Jugendtheater und seit 1986 eine Jugendkunstschule gehörten, eine Literaturwerkstatt einrichten zu können, in der literaturinteressierte und schreibtalentierte Schülerinnen und Schüler aller Altersstufen und Schularten angeleitet und gefördert werden: in Schreibwerkstätten, bei einer Jugendkulturzeitschrift, Schreibwettbewerben, bei Lesungen junger Autoren. Dort arbeite ich als Lehrer, der auch schreibt, mit Jugendlichen, die auch Schülerinnen und Schüler sind, aber freiwillig kommen, an einem außerschulischen, gleichwohl schulbezogenen Ort, in anregender und entspannter Atmosphäre. Dort bin ich Lehrer, ohne Lehrer sein zu müssen. Berater, Betreuer, Anreger, Kritiker schreibender Jugendlicher, veranstalte Lehrerfortbildungen, rege Kolleginnen und Kollegen zum freien Schreiben an, unterstütze junge Autoren bei Lesungen und Veröffentlichungen - und schreibe selbst.

Zum Schluß: 25 Berufsjahre haben mich ziemlich abgenutzt. Gelehrt haben sie mich vieles, so auch, nicht alles selbst und womöglich optimal machen zu müssen. Inzwischen lehne ich mich auch mal zurück, kann mich verlangsamen. Wie mich meine Schülerinnen und Schüler sehen und beurteilen, überlasse ich getrost ihnen selbst. Die Eitelkeiten, die man jenseits der 50 hat, liegen ja woanders. Unter Lehrern gedenke ich noch ein paar gute Jahre zu verbringen - kollektiv vergreisen soll Spaß machen! Hoffnungsvoll und tröstlich immerhin, daß ich jetzt, nachdem ich die erste Hälfte meines bisherigen Lebens meiner eigenen und die zweite der Bildung junger Menschen gewidmet habe, ein wenig von der Humboldtschen Aufforderung habe einlösen können, der ich als Schüler nur mit Unverständnis, ja Widerwillen begegnet war: *Bilde dich selbst, und dann wirke auf andere durch das, was du bist.*

Bodenwerder - Lübars - Rom
im Juli 1996

NACH- UND HINWEISE

NACH- UND HINWEISE

MOTTI

- *Le Maître d'Ecole...* Extrait de *Roti Cochon,* Dijon 1689.
- Müller Limmroth: *Die Weltwoche,* 2. Juni 1988.
- Schröders berühmte Äußerung ist überwiegend mündlich überliefert. S. in einer Schülerzeitung über Lehrer: "Ihr wißt doch ganz genau, was das für faule Säcke sind." *Die Zeit*, 23. Juni 1995.- Auf die bescheidenen Bitte des Verlegers an Herrn Schröder, dieses Buch mit einem Vorwort zu zieren, ließ der Herr Ministerpräsident mit Schreiben seines Persönlichen Büros vom 23. Januar 1996 ausrichten, daß er „nach Durchsicht Ihres sehr ensthaften Buches, das zum Teil einen erschrekkenden Schulalltag beschreibt", kein Vorwort schreiben mochte, daß er sich ferner „für die unbedachte Äußerung *faule Säcke* schriftlich-persönlich bei den Lehrerinnen und Lehrern sowie öffentlich im Niedersächsischen Landtag entschuldigt" habe, da ihm sehr wohl bewußt sei, was es bedeute, heute Kinder und Jugendliche zu unterrichten.

LEHRER SIND FAULE SÄCKE

Selbstbezichtigung? Vereinfachtes Schröder-Zitat (das im Juni 1995 Medien und Lehrer in kurzzeitige sommerlochähnliche Turbulenzen brachte - vgl. auch Werner A. Perger, *Faule Säcke? Die Zeit*, 23. Juni 1995)? Eher ein kurzer Versuch über die Schönheit von Vorurteilen. Zur Nachahmung empfohlen! Nehmen Sie beliebige Zeitungsartikel über Jugend, Sport, Mode, Zeitgeist etc., wählen Sie eine Ihrem Vorhaben konkordante Menge von kurzen Aussagesätzen und versetzen Sie diese mit solchen, die Sie irgendwo aufgeschnappt haben. Achten Sie darauf, daß Sätze mit möglichst unterschiedlichem Wahrheits- und Geltungsanspruch miteinander konkurrieren: einfach überprüfbare Aussagen, Tatsachenfeststellungen, Meldungen, Behauptungen, Phrasen,

Syllogismen, Antithesen, Wortspiele, Zitate. Die Nähe zum Prosaverfahren Wondratscheks ist beabsichtigt und erwünscht. Unter Deutschlehrern: ein höchst geeignetes Mittel, langweilige Konferenzen produktiv zu überstehen, obendrein empfehlenswert, jungen Menschen über das Verfahren der surrealistischen Textmontage wahlweise die Absurdität der Weltverhältnisse, den Sinn des Unsinns oder die Beliebigkeit der Postmoderne näherzubringen.
Vgl. Wolf Wondratschek, *Früher begann der Tag mit einer Schußwunde - Ein Bauer zeugt mit einer Bäuerin einen Bauernjungen, der unbedingt Knecht werden will.* München-Wien 1970, auch als Diogenes Taschenbuch München 1989.

ÜBER DIE GROSSE UNINTERESSIERTHEIT...
Überarbeitete Version des gleichnamigen Textes aus Eduard Sackmeyer, *Nix für Banausen. Feuilletons-Verse-Fingerübungen,* Berlin 1994, S.106ff. Imitation von Eckhard Henscheids *Über die große Uninteressiertheit unserer Katzen am Fernsehen* aus dem Kultbuch *Ein scharmanter Bauer,* Frankfurt am Main 1980, S. 329ff.

STÖRFALL SCHULE
Leicht modifizierte Fassung des Sackmeyer-Textes *Zum Abitur!* in: *Banausen,* S.12ff. Abiturrede, gehalten im Juni 1992 in einer Berliner Gesamtoberschule.

NON SCOLAE, SED VITAE...
Einleitende Sätze eines Vortrags, nicht gehalten auf dem bildungspolitischen Kongreß *Schule 2000* vor Brandenburger Lehrerinnen und Lehrern am 2. September 1995 in Eberswalde.

DREISSIG WAHRE GESCHICHTEN

Eine köstliche und unerschöpfliche Fundgrube für solche faits divers, leicht ins Absurde ausgesponnen, ist Félix Fénéon, *Elfhundertelf wahre Geschichten,* Frankfurt am Main 1993 (Die Andere Bibliothek).

PUBLIKUMSBESCHIMPFUNG

Nicht empfehlenswert! Mehrfach auf unterschiedlichste Weise inszeniert, hat es bis jetzt nur Schüler verstört und Eltern empört. Urteil: „Unerhört!“

WIE DER/DIE HEUTE WIEDER AUSSIEHT!

Für Skeptiker, Abstinenzler und hartköpfige Modemuffel empfehle ich die Fortbildungsveranstaltung von Vanessa Lafont-Markiewicz, *Machen Sie das beste aus Ihrem Typ!* Nähere Informationen bei PädCon, Postfach 65470, 13469 Berlin.

WIE DER/DIE HEUTE WIEDER AUSSIEHT!
VOM ZUSPÄTKOMMEN
ICH MÖCHTE SIE NICHT DUZEN

Alle drei Texte entstanden, bevor ich Cora Stephans *Neue deutsche Etikette* (Berlin 1995) mit größtem Vergnügen und beständigem Kopfnicken las - ein Muß für alle feinsinnigen Zeitgenossen!

SELBSTVERSUCH

Gastgeschichte von Stefanie Eisenhuth (18 Jahre) aus Berlin. Stefanie nimmt seit 1991 an meiner Schreibwerkstatt für Oberschüler im Atrium teil; 1995 hat sie im Reinickendorfer Schreibwettbewerb „Sanfter Schrecken - Kurzkrimis“ einen zweiten Preis gewonnen.

VERSTÖRTE SCHÜLER

Leicht veränderte Fassung, zuerst erschienen in *Deutsche Lehrerzeitung* 15/1995, 2. Aprilausgabe. Dazu Rainer Winkels Untersuchungen in der *DLZ* 8/1995, 4. Februarausgabe.

KLASSENARBEIT

Metrisch stark verbesserte Version des Sackmeyer-Gedichts *Zu einem Vers von Storm und einem von Trakl,* in: *Banausen* S.61.

AMBULANT ÜBEL

Sieben völlig wahre Schreiben, letzteres aus *Der Tagesspiegel* vom 4. Juli 1995.

SPORT IST SCHÖN

Alle Angaben beziehen sich auf das alljährlich stattfindende Sportfest einer Gesamtoberschule im Berliner Norden. Die vorkommenden Personen sind keinesfalls erfunden, sondern höchst lebendig, alle Zitate Originalton, auch das übrige Drumherum ganz authentisch, volle reality!

DIESER BRIEF GEHÖRT DER SCHULE

Plumpe Anspielung auf Bettina von Arnims Spätwerk *Dies Buch gehört dem König.* Berlin 1843. Der erste Satz ist eine Briefstelle aus: *Die Andacht zum Menschenbild. Unbekannte Briefe von Bettine Brentano.* Bern 1970, S.199. Die folgenden Äußerungen hat Rudolf Baiers in seinem Tagebuch vom 16.11.1844 festgehalten, nachzulesen im von Gerhard Wolf angelegten *Märkischen Dichtergarten:* Bettina von Arnim, *Die Sehnsucht hat allemal Recht,* Frankfurt am Main 1985, S.310f.

AN DEN HERRN VON MONTAIGNE

Montaigne lesen! Natürlich im Original: en français. Für deutsche Leser: zunächst als Auswahl-Einstiegsdroge: Essais, Zürich 1993, dann komplett die wunderbar von Johann Daniel Tietz 1753/54 besorgte Übersetzung in drei Bänden, Zürich 1992.

GROSSE DICHTER - KLEINE LICHTER

Neue, nur gelinde erweiterte Fassung des gleichnamigen Poems aus Sackmeyers *Banausen*, S. 72f.

EIN SCHULRAT SPRICHT

Dichtung 6%, Wahrheit 94%.

NEULICH, AM FKK-STRAND

Überarbeitete Version eines anonymen Flugblatts aus den 80er Jahren, das in Westberliner Oberschulen zirkulierte. Dank & Gruß an A. Nonymus!

ABER MICH FRAGT JA NIEMAND

Mixtur aus Bettina von Arnims *für den Fall, ich wäre Cultusministerin* und Rio Reisers *wenn ich König von Deutschland wär*, mit besonderer Neigung für starckdeutsche Konjunktive...

HAUPTLEHRER WOLFF

Dieser Text ist rein fiktiv. Ähnlichkeiten mit lebenden Personen sind zufällig und keinesfalls beabsichtigt. Zu Risiken und Nebenwirkungen fragen Sie Ihren Oberschulrat oder Ihren Männerbeauftragten.

WIE ULRICH DEN VORFELDER MEIER...
Gleichnamiger Sackmeyer-Text in: *Banausen,* S.87f. aus dem Jahre 1988, unwesentlich recycelt und wegen der ungebrochenen Klinsmann (Cleansman)-Verehrung - von Monegassen und Hotspurs, jetzt auch von den Münchner Bayern bejubelt - frisch renoviert.

WENN WUTZ WÜSSTE
Jean Paul wiederlesen! Einstiegsdroge: *Leben des vergnügten Schulmeisterlein Maria Wutz in Auenthal. Mit einem Nachwort von Peter Bichsel.* Frankfurt am Main und Leipzig 1995, für Süchtige: *Ideen-Gewimmel. Texte und Aufzeichnungen aus dem unveröffentlichten Nachlaß...* Frankfurt am Main 1996, Überdosis: *Sämtliche Werke* in 10 Bänden, Frankfurt am Main 1996.

UNORDNUNG UND SPÄTES ELEND
Der leicht verfremdete Thomas-Mann-Titel ist ein Irrläufer. Natürlich geht es um Herrn K.: Tagebuchaufzeichnung vom 24./25. Dezember 1910 in: Franz Kafka, *Tagebücher 1910-1923, Gesammelte Werke Bd 9*, Frankfurt am Main 1983, S.26f. Aber man sollte besser nicht versuchen, wie K. zu schreiben. Es gelingt ja nicht.

FREISTUNDE
Robert Walsers *Mittagspause* nachempfunden. Aus Robert Walser, *Prosa,* Berlin - Frankfurt am Main 1960, S.104f.

SANFTER SCHRECKEN
Eigentlich ein zu schöner Titel - Johannes Hickel hat ihn für seine *Bilder aus dem pädagogischen Alltag,* Heidelberg 1980 zuerst verwandt -

Ähnlichkeiten mit den hier versammelten Texten sind eher zufällig, aber nicht unerwünscht.

DAMALS, IM HAUPTSEMINAR
Flugblatt eines anonymen Verfassers, leicht modifiziert. Danke! Fabuleux, fabuleux.

BEI SCHRAMBERGERS IST NOCH LICHT
Angeblich ist ja nach Schulschluß für Pädagogen nicht Feierabend: *Auch Lehrer haben Hausaufgaben,* so Claudia Hufenreuter in *Profil* 4/1995, dem Magazin des Deutschen Philologenverbandes für Gymnasium und Gesellschaft. Wir wissen es jetzt besser.

UNTER KOLLEGINNEN
Beiläufig belauscht, aufgezeichnet, um den erheiternden Aspekt *latent männerfeindlich, aber trotzdem* angereichert und mit Anstand verfremdet.

BETRIEBSAUSFLUG
Impressionen vom Studientag eines Berliner Gesamtschul-Kollegiums nach Felchow/Uckermark, um dortselbst ein leicht marodes Herrenhaus in Augenschein zu nehmen, das der Schulverein in eine internationale Begegnungsstätte für Schüler und Jugendliche umwandeln möchte.

PAUSCHAL IST SPITZE
Zum Lobe des Massentourismus hat sich Jean-Didier Urbain geäußert: in *L'idiot du voyage* (wobei in Idiot sicher auch die etymologische Kon-

notation des griechischen *idiotes = gewöhnlicher, einfacher, eigentümlicher, aber auch unwissender und ungebildeter Mensch* mitschwingt, nicht so sehr der Trottel des heutigen Sprachgebrauchs); vgl auch *Abstecher ins Paradies*, Der Spiegel 21/1995, S.118-121.

UNTER FACHLEITERN

Diese zugegeben sehr freimütigen, von Anmaßungen und Verblendungen nicht ganz freien Aufzeichnungen aus dem Inneren einer Zukunftswerkstatt stammen aus der Feder eines Kollegen, der hier aus Gründen des innerbetrieblichen Friedens und zur Abwehr unerwünschter mobbing-Versuche ungenannt bleiben möchte.

ZIEMLICH SCHLECHT, DOKTOR SPECHT!

Zur Wortbildung *Fernseh* vgl. Eckhard Henscheid, *Der oder das Fernseh.* In: E.H., *Ein scharmanter Bauer* S.36.

Ein schönes Beispiel pädagogisch engagierter und überambitionierter Medienschelte: *Einspruch, Dr. Specht!* von Grazena von Bijk in *Deutsche Lehrerzeitung* 8/1995, 4. Februarausgabe.

ANFECHTUNGEN

Selbst in heikelsten Fällen steht Fräulein Elisabeth mit Rat & Tat zur Verfügung: *Fragen Sie Fräulein Elisabeth* - ätzettera im Atrium, Senftenberger Ring 97, 13435 Berlin. Fax: 402 90 11. Die zitierten Fragen und Antworten in: ätzettera Nr. 15 / Februar 1995, S.43.

NULL FEHLER?

So heißt Horst Schroths fulminantes Soloprogramm für Lehrer und solche, die es nie werden wollten. Nach einem Besuch bei Schroths Oberstudienrat Laux, dem letzten Vertreter der Kreidezeit, werden alle Rechtschreibprobleme belanglos, null und nichtig, richtig lull und laux.

GEDIEGEN HALBGEBILDET

R.W.B. McCormicks epochemachender Ethnosatire *Unter Deutschen - Porträt eines rätselhaften Volkes,* Frankfurt am Main 1994, verdanke ich einige schöne Hinweise, besonders zum Thema *Kindheit und Jugend.*

Pierre Bourdieu - Jean-Claude Passeron, *Die Illusion der Chancengleichheit*, Stuttgart 1971.

Karl Wagner, *Die gedanklichen Grundlagen des Modells der 2. Gesamtschule.* Arbeitspapiere zum Schulversuch der Bettina-von-Arnim-Oberschule, Berlin 1978, und *Erfahrungen am Arbeitsplatz Schule*, Vortrag, gehalten am 18. Mai 1979 im Münchner Löwenbräukeller als Einführungsreferat zur Bundesfachtagung der GEW über den "Arbeitsplatz Schule".

Eva Demski, *Plädoyer für die Mittelmäßigkeit.* In: Kursbuch 116, Berlin Juni 1994, S.103-108.

Jürgen Lüthje, *Elite statt Bildung?* In: Der Spiegel 27/1995, S.180f.

TWO CAUSES FOR POOR TEACHING

Unwesentlich bereicherte Version des gleichnamigen Textes aus *Banausen*, S.53, inspiriert von Bertrand Russels profunder Analyse der Aporien unseres Berufsstandes, deren Quelle sich unglücklicherweise im Dickicht meines Zettelwaldes verbirgt, und von einem Plädoyer von Robert von Rimscha: *Wider die Mär von den faulen Pädagogen* im Berliner *Tagesspiegel* vom 30. November 1991, das ich - mit freundlicher Genehmigung des Autors - wegen der schönen Befunde von Wolf Müller-Limmroth (vgl. Motto 2) hier einrücke.

WIDER DIE MÄR VON DEN FAULEN PÄDAGOGEN

Studien zur Belastung von Lehrern weisen auf enorme Beanspruchung hin / Hohes Infarktrisiko

Es kommt nicht häufig vor, daß sich Forscher eines Fachgebietes einig sind. Bei den Arbeitsmedizinern, Erziehungswissenschaftlern und Psychologen, die sich mit der Belastung von Lehrern beschäftigen, ist dies der Fall. Hans-Georg Schönwälder, Pädagogik-Professor in Bremen, und Wolf Müller-Limmroth, der in München Arbeitsmedizin lehrt, betonen die Außergewöhnlichkeit solcher Übereinstimmungen. *"Alle Wissenschaftler sagen, Lehrer sind psychomental besonders belastet - doch die Öffentlichkeit glaubt weiter an die Legende vom faulen Pädagogen."*

Müller-Limmroth unterscheidet zwischen Arbeitsbelastung und Arbeitsbeanspruchung, wobei die Belastung das Maß der von außen kommenden Ansprüche und die Beanspruchungen die Auswirkungen auf die individuelle Leistung beschreibt. Den Antworten auf 185 Fragebögen entnimmt der Medizinprofessor die Angabe, über 200 unterschiedliche Aktivitäten machten das Arbeitsfeld der Lehrer an allen Schulformen aus, von Beratungsgesprächen mit Schulpsychologen, der Veranstaltung von Elternabenden und der Betreuung von Bibliotheken über das eigentliche Unterrichten bis hin zur Verwaltung von Geräten.

Daher lehnt er es ab, nur Unterrichts- und Ferienzeiten miteinander zu verrechnen. Fast die Hälfte aller Lehrer, so Müller-Limmroth, arbeiteten regelmäßig am Sonntag. Elf Prozent geben an, häufig an beiden Wochenendtagen zu arbeiten. Die gesamte Arbeitszeit, zusammengesetzt aus Unterricht, Vor-und Nachbereitung, Korrekturzeiten, Konferenzen, Springstunden und Pausen sowie durchschnittlich zwei Stunden für die Weiterbildung, beträgt 52,5 Stunden in der Woche. Dieses Ergebnis liegt im Rahmen der neun Studien zur Lehrerarbeitszeit, die es seit 1958 in der Bundesrepublik und der DDR gab. Als Arbeitszeit pro Unterrichtswoche wurden Werte zwischen 44 und 53 Stunden ermittelt, der Durchschnitt lag bei 48,4 Stunden.

Müller-Limmroth maß durchschnittliche Pulsbeschleunigungen auf 110 Schläge pro Minute während des Unterrichts und 113 während der Pausenaufsicht, womit er deren Einrechnung in die Arbeitszeit begründet. Jeder zweite Lehrer unter 30 hatte einen erheblich erhöhten Blutdruck von 150 zu 95 vor Unterrichtsbeginn. Der Energieaufwand sei bei Lehrern deutlich gesteigert (3317-4027 Kilo Joule), der Adrenalinausstoß entspreche mit 14 Nanogramm pro Minute einem Streßniveau, das dem nach Genuß von sechs Tassen Kaffee vergleichbar sei. Verrechnet mit einer ganzen Reihe anderer Risikofaktoren kommt der Arbeitsmediziner zu dem Ergebnis, daß jeder zweite Lehrer unter deutlich erhöhtem Herzinfarktrisiko steht.

Teilzeitlehrer wenden wesentlich mehr Arbeit pro Unterrichtsstunde auf als Vollzeitlehrer. Diese leisten 116 Prozent der vereinbarten Arbeitszeit, so Schönwälder, während Lehrer mit einer halben Stelle 146 Prozent der offiziellen Arbeitszeit leisten, was hochgerechnet auf eine volle Arbeitswoche fast siebzig Stunden ergäbe. Niemand, so erklärt dies Schönwälder, sage einem Pädagogen, wenn er genug geleistet habe. *Mehr geht immer.*

60 Prozent aller Lehrer gaben in Schönwälders Erfassung von 400 Unterrichtswochen an, im Verhältnis zu den gesunkenen Pflichtstundenzahlen mehr zu arbeiten. Schönwälder bringt dies in direkten Zusammenhang mit der Qualität von Unterricht an Schulen. *Je niedriger die Pflichtstundenzahl, desto höher ihre Qualität.*

Die Zahl der ausgebildeten Lehrer, die bis zum Ruhestand in ihrem Beruf bleiben, liegt je nach Bundesland zwischen fünf und einem halben Prozent. Das sei, so Müller-Limmroth, die Folge der auseinanderklaffenden Werte für *Liebe zum Beruf* (76,5%) und dem *Gefühl, überbeansprucht zu werden* (87,6%). Beide Wissenschaftler fordern, ihre Untersuchungsergebnisse endlich zur Kenntnis zu nehmen. Schönwälder faßt zusammen: *Es ist unglaublich, wie blind die Öffentlichkeit der Arbeit des Lehrers gegenübersteht.*

AB INS NIRWANA

Lehrer sind, auch wenn's Herr Schröder und der unerhebliche Rest der Nation - sei's aus Ignoranz, Sozialneid oder schlicht deutscher Blödheit - nicht mitkriegen, ganz anders. Ließe man sie und entließe sie nach 25 Berufsjahren nicht aus dem Schuldienst, wohl aber aus ihren Unterrichtsverpflichtungen, würden sie dem Staat nicht vorruhestandsmäßig auf der Tasche liegen, sondern sich auf allen berufspolitisch relevanten Nebenschauplätzen tummeln: in der Aus- und Weiterbildung, als anleitende Lehrer, in Personalrat und Gewerkschaft, in Curriculum-Kommissionen und Beiräten, in Schulbuchverlagen und Fachzeitschriften, als Laufbahnberater und Repetitoren, als Sachbearbeiter und Schulräte, in Volkshochschulen und Universitäten, in Parteien und Verbänden - überall da, wo Wissen, Erfahrung, Kompetenz und Urteilkraft im Bereich Schule und Ausbildung gebraucht würden...

FOREVER YOUNG

Wenn Lehrer altern, werden aus faulen Säcken alte faule Säcke. Dies ist menschlich, aber unschön. Schöner wäre doch, man käme mit sechzig zur Welt und würde mit zunehmender Erfahrung immer jünger und hübscher.

SO KAM ICH UNTER DIE LEHRER

Weder Hölderlinie noch curriculum vitae, sondern eine kleine Chronik meiner Bildungs- und Berufsgeschichte. Abschließend lege ich Wert auf die Mitteilung, daß ich gern Lehrer bin, auch wenn nicht alle Blütenträume reiften und ich für vieles nicht mehr elastisch genug bin. Geneigte Leserinnen und Leser, die sich zu meinen Texten äußern wollen, bitte ich nachdrücklich, dies zu tun; Zuschriften dieser Art wären mir willkommener als jede öffentliche Rezension, und mit Vergnügen schriebe ich zurück! (Zuschriften an den SAINT ALBIN VERLAG, Dr. Uwe Lemm, Im Bauernbusch 7, 12355 Berlin, Fax 030 / 664 15 23)

UMSCHLAG

Das Foto aus dem Jahre 1911 zeigt die Klasse VI der Gemeindeschule III in Berlin-Wilmersdorf, Nachodstraße 16. Unter 53 Zweitkläßlern mit ihrer Lehrerin, Fräulein Blümel: meine Mutter (im Kreis), die heute 92 ist und gerne Lehrerin geworden wäre.

LETZTWORT

ZUGEGEBEN, ICH HATTE AUCH LEHRER

„Niemand hat gerechnet und niemand hat geschrieben in der Schule, und überhaupt kann ich das alles, was die können. Vorsagen kann ich und nachsagen kann ich und zeichnen kann ich und dichten kann ich."
Meister Eders Pumuckl in Ellis Kaut:
„Pumuckl will gescheit werden"

Es gibt da so ein Lied. Von Brecht. Musik: Kurt Weill. Da singt die Polly der Dreigroschenoper, wie man sich gegenüber wahren Kavalieren zu verhalten habe: „Ja, da kann man sich doch nicht nur hinlegen, ja, du muß man kalt und herzlos sein. Ja, da könnte so viel geschehen, ja, da gab's überhaupt nur: Nein". Erst bei dem unhöflichen, muffligen Liebhaber müsse man sich hinlegen, gehen lassen.

Was der „Barbara-Song" mit Deutschlands Lehrern zu schaffen hat, weiß ich nicht genau. Vielleicht das: Man könnte den Refrain umdichten, etwa in: *Ja, da kann man doch nicht immer hingehen, ja, da muß man halt respektlos sein. Ja, da könnte man was verstehen, ach, da gibt's überhaupt nur: Nein.* Und die Pointe wäre dann, daß es Lehrer gibt, die eben anders als alle anderen Lehrer sind, und zu denen muß man sogar hingehen, das befiehlt der innere Schweinehund (oder wie der Kerl heißt). Will kommen zum Punkt: Lehrer darf man nicht gut finden, es sei denn.

Jeder Bildungsbetrachtung tut es gut, wenn sie mit einen großen Toten argumentieren kann. Bleiben wir bei Bertel Brecht, der den meisten aus dem Deutschunterricht bekannt sein sollte. Der gab an, während seines „9jährigen Eingewecktseins an einem Augsburger Realgymnasium" sei es ihm nicht gelungen, seine „Lehrer wesentlich zu fördern". Dafür lag es ihm später sehr daran, sein Theaterpublikum zu belehren.

Während meiner dreizehnjährigen, im Rückblick leider eher unspektakulär gradlinigen Schulzeit konnte ich meine Lehrer wohl nicht wirklich beeindrucken. Wahrscheinlich war ich doch viel zu brav, habe meine Witze über sie nur selten in ihrer Gegenwart gemacht und die Hausaufgaben auch.

Dein Lehrer: Freund und Helfer. Irgendwann verliert man leider die Illusion, daß Lehrer sowas wie Halbgötter sind, die alles wissen. Von einem Lehrer, den man nicht achtet, kann man nichts lernen. Lehrer kann man eben nur solange nett finden, solange sie einen nicht belehren. Sobald man von ihnen abhängig ist, muß man ihnen mißtrauen. Aber wenn sie zu nett sind... Damit wären wir wieder bei dem Brecht-Song. Einen Lehrer, der Schülern gestattet, im Philosophieunterricht Schach oder Mühle zu spielen, kann man nicht ernstnehmen. Lehrer und Schüler sollten sich gegenseitig respektieren, aber Lehrer, die den "Club der toten Dichter" zu oft gesehen haben, müssen an ihren Idealen scheitern. Und bei einem Doktor Specht sollte man auch äußerst vorsichtig sein, besonders wenn man eine alleinstehende und gutaussehende Mutter hat.

Eins muß man den Lehrern zugutehalten, ein gewisses Grundinteresse und Verständnis ist bei ihnen vorhanden, auch wenn bei einigen nicht viel davon zu merken ist. Vielleicht nimmt das ja mit den Jahren auch ab. Da bleibt man lieber zu Hause und feiert krank, als immer wieder den ewig gleichen Stoff in gelangweilte Gesichter predigen zu müssen. Daß viele Pädagogen es sich leicht machen, beweisen die stets identischen Klausuren - Jahr für Jahr. Natürlich gibt es Ausnahmen, die bestätigen aber nicht die Regel. Kürzlich habe ich erfahren, daß meine Deutschleistungskurslehrerin zwei Jahre nach meinem Abitur exakt die gleichen Themen gestellt hat: Fontane und bürgerliches Trauerspiel.

Und dennoch: Wenn man sich an die Schule gewöhnt und sich mit den Lehrern arrangiert hat, scheint es einer der besten Plätze auf Erden zu sein. Hier weiß man wenigsten halbwegs, woran man war, kann

Freundschaften pflegen und bekommt unter Umständen auch nützliche Ratschläge. Soll heißen: die Zeit zwischen den Schulferien ist nicht die schlechteste.

Wo so viel Spaß ist, da soll man weggehen und nie wieder die ewig gleichen Leute sehen, mit denen man so viel Heiteres erlebt und auch die düstersten Chemie-, Mathe- und Physikstunden durchgestanden hat? Doch der Abschied fällt dann doch viel leichter als geahnt,und besonders wenn man anschließend studiert, merkt man, wie engstirnig Lehrer sein können. Wird man rückfälig und betritt nach dem Abi noch einmal jenes Gebäude, in dem einem die Vormittage verkürzt wurden, bleibt man Besucher, nicht der gleichnishafte verlorene Sohn kehrt heim, schon eher Kafka. Die Lehrer, die versucht haben, einen zu prägen, grüßen nur aus weiter Entfernung und interessieren sich kaum für die nachschulischen Spuren ihres Unterrichts.

Kommen wir aber zu dem eigentlichen Sinn meines Textes und setzen diesem Lehrerbuch ein paar Worte nach. Hier schreibt einer, der es wissen muß, ein Lehrer, der sich bei seinem Schülern sicherlich nicht durch fehlenden Anspruch und häufige Fehlstunden beliebt machen will, er hat es wohl auch nicht nötig. Ich war nie sein Schüler im bildungspolitischen Sinn, was vielleicht auch ganz gut war, aber bei ihm habe ich schreiben gelernt, er hat mich dazu angestiftet, ganze Wälder mit Gedichten und Geschichten vollzutexten.

Wenn Schwandt persönlich wird, darf Bock das auch. Ich war ein zarter Zehntkläßler, der sich nicht klar war, was er mit seiner Zukunft anfangen sollte, und hatte mich dazu entschieden, Richtung Deutsch-Leistungskurs zu streben. Im Rahmen einer musischen Woche gab es das Angebot für Schüler meines Jahrgangs, an einem Kurs Kreatives Schreiben teilzunehmen. Was das war, war mich nicht klar, aber ich dachte, es wäre vielleicht gar nicht schlecht, mal ein bißchen zu schreiben, kreativ, versteht sich. Durch Losentscheid saß ich dann in diesem Kurs, den eben ein gewisser Doktor Schwandt leitete. Er trieb uns zum Schreiben, spielerisch und ohne inhaltliche Beschränkung. Und nebenbei lernte man verschiedene Literaturformen kennen und lieben („Schreib doch mal ein anständiges Sonett!"), und zwar in knapp fünf Tagen. Andere Deutschlehrer brauchen für dieses Pensum ganze Semester, wenn sie es überhaupt schaffen.

Aber weil die Lehrer, die man nie hatte, sowieso die besten sind, weil sich schon nach ein paar Wochen nach dem letzten Schultag der Feuerzangenbowleneffekt einstellt und weil ich kein guter Lobhudler bin (vom Nachworteschreiben ganz zu schweigen), klicke ich *Datei speichern* an, schließe mit diesen Worten dies Buch (schön, auch mal das letzte Wort zu haben) und rufe Ihnen zu: Lesen Sie es doch gefälligst selber! Und wenn Sie das schon getan haben, dann gleich nochmal. Und wenn Sie Lehrer sind, dann sollten Sie keine falsche Müdigkeit vorschützen, auf, auf, lernen Sie hinzu, um auf dem Laufenden zu sein. Oder sind Sie etwa ein fauler Sack?

Thilo Bock

INHALT

INHALT